貴方に未《み》練《れん》はありません！

～浮気者の婚約者を捨てたら王子様の溺愛が待っていました～

著 水垣するめ イラスト 藤未都也

「俺が婚約者として選ぶのは
セレナ・ハートフィールドだ」
ノクス・レイヴンクロフト
女嫌いで有名な第二王子。
セレナに契約婚約を持ちかける

マリベル・
シュガーブルーム
男好きな公爵令嬢。
セレナの婚約者に手を出す
エリオット・サンダーソン
セレナと婚約していながら、
マリベルに片想いする侯爵令息
セレナ・ハートフィールド
浮気された侯爵令嬢。
地味にしているが、
メイクや可愛いものが好き
リリス・ドラクシス
セレナの親友でノクスと
親戚の公爵令嬢。男装が趣味

Contents

貴方に未《み》練《れん》はありません！

～浮気者の婚約者を捨てたら王子様の溺愛が待っていました～

著・水垣するめ　イラスト・藤未都也

第一章 ◆ 貴方には愛想が尽きました

「そう、今日も来ないのね……」

侯爵令嬢の私、セレナ・ハートフィールドは目を伏せてそう呟いた。

煌《きら》びやかな灯りと、それを反射する宝石や、豪華に仕立てられたドレスの装飾。貸し切られた王宮の大広間には楽団による緩やかな音楽が流れ、私と同年代の貴族が話している声が聞こえてくる。学生だけでも百人以上がこの空間に集まっていた。

今は、私の通う学園の交流パーティーだった。

しかし――

「今日も一人なのね……」

その中で、私は一人で立たされていた。

私をエスコートするはずだった婚約者がいないからだ。

時刻はすでに夜の八時を過ぎたところだ。

「もう一時間は遅れてる……」

時計を見て、ため息をついた。

私は現在、パーティーの会場で、婚約者が来るのを一時間も待ち続けていることになる。

もちろん、事前に遅れるなどの連絡は一切ない。

パーティーでエスコートする男性がいないなんて、貴族の令嬢にとっては大きな恥をかかされているのと変わりないのだが、いくら説明しても、私の婚約者は理解してくれなかった。

「せっかくドレスを新調したのに……」

私は新しいドレスをつまんで、またため息をついた。

薄い黄色を基調に仕立てられているこのドレスの飾りつけは最低限で、全体的に目立たない色で纏《まと》められているが、その分上品とも言える。と言っても、色とりどりの絢爛豪華《けんらんごうか》なドレスを身に纏っている生徒たちの中では、今年十六歳を迎える私が着てもただ地味さを引き立てるだけなのだが。

新しいドレスなんていらない、と言ったのだが両親や兄から無理矢理贈られてしまった。気持ちは嬉しいのだけど、パーティーで一人待ちぼうけを食らわされている状況と合わさると、惨めさを掻き立てた。

パーティーだというのに一人でいる私に好奇の視線が刺さるのを肌で感じた。

ただ、少しだけ救われるのは、私と同様に待ちぼうけを食らっている令嬢が、数人ほどいるというところだろうか……

彼女たちもチラチラと時計を見ながらため息をついている。

その時、会場の扉が開かれて、十人ほどの男女が入ってきた。

男女と言っても、女性は一人だけで、その周りを多数の男性が取り囲んでいる。

その中に、見知った顔があった。

洗練された顔立ちと、ブラウンの髪。

「エリオット様……」

私の婚約者であるエリオット・サンダーソン侯爵令息は、私をエスコートするどころか、その一人の女性に対して、ここ最近は向けてくれたこともないような柔らかい表情を浮かべていた。

そして、エリオットがその表情を向けているのは――マリベル・シュガーブルーム。

金色に輝くふわふわの髪と、丸くて大きい青い瞳。加えて小動物のような雰囲気も相まって、思わず守ってあげたくなるような、庇護欲《ひごよく》をそそる魅力が彼女からは溢れていた。

その儚くも美しい容姿から、マリベルは貴族の間からは精霊とも言われている。

その不思議なほど人を惹きつける魅力のせいで、私の婚約者であるエリオットや、他の令嬢の婚約者も彼女に心酔していた。エリオットは決して言葉にしないけれど、婚約者として長年連れ添ってきた私にはエリオットの心がマリベルにあることは手に取るように分かった。

(実際は精霊とはかけ離れた言動をしているんだけどね……)

何しろ、他人の婚約者をあんなふうにまるでアクセサリーのように侍《はべ》らせているのだ。私からのマリベルへのイメージは良くて森で人を迷わせ楽しむ妖精。悪く言って人の婚約者を誘惑する毒婦だった。

もちろん、婚約者である自分をおざなりにして他の女性を大切に扱うなんてこと、令嬢は許すはずがない。私だってそうだ。他人の婚約者をあんなふうに侍らせるなんて、マリベルにも大量

の抗議文が届いてもおかしくはない。

しかし誰もマリベルには抗議ができなかった。

それはマリベルが公爵令嬢だからだ。

公爵家というこの国の貴族の頂点に立つ家格の令嬢に、誰が抗議なんてできるだろうか。

加えて、少しでもマリベルに意見しようものなら、マリベルは故意にかそうではないかは分からないものの、周囲にいる人間をうまく焚《た》き付け、意見した人間を攻撃させた。実際に意見をしてマリベルの取り巻きから一斉に攻撃された令嬢もいる。

それぐらいに、マリベルは人気があるのだ。

そういう訳で、マリベルに婚約者を取られている女性は不満を持ちつつも、何もできないという状況になっていた。

しかし、本人には抗議できなくとも婚約者には抗議ができる。

（このままではだめ、今日こそは私がきっちりと言わないと……）

もうすでに私はエリオットにこのような待ちぼうけを複数回されている。

流石に我慢ならない。

私はマリベルの周囲で彼女を護《まも》るかのように立っているエリオットに近づいていった。

「エリオット様」

「セレナ……」

エリオットは私が話しかけると気まずそうな顔になった。約束の時間を一時間以上すぎていることは本人も自覚しているのだろう。

自覚があるのに一時間以上も待たされていた私は、ますますエリオットのことが許せなくなった。

「あら、セレナ様じゃない。どうしたの、そんなに怖い顔をして」

「マリベル様、ごきげんよう」

マリベルは取り巻きの一人が私の婚約者であることを分かっているにもかかわらず、そんなふうにしらばっくれた態度をとる。

私はその態度に内心怒りを覚えつつも、色々と言いたいことをグッと堪えて、笑顔で対応した。

「私の、婚約者のエリオット様と少々お話があるんです」

私の、を強調してマリベルに伝える。

そしてエリオットの袖《そで》を引いて連れていこうとした。

しかし――

「さあ、エリオット様、こちらへ来て下さい」

「えっ……それは」

エリオットは名残惜《なごりお》しそうにマリベルを見た。

目の前に、私という婚約者がいるのに。

私の頭の中で何かがプツンと切れる音がした。

「良いから、来て下さい。エリオット様」

「わ、分かった、分かったから」

私は笑顔のまま怒る。

すると流石にエリオットは私の気迫に気圧されたのか、慌てたように何度も頷いた。私はエリオットの腕を掴んで、バルコニーの方へと連れていく。バルコニーの扉を開けると夜風が吹いて、私の髪が風に靡《なび》いた。奥に進んでいくと次第に喧騒《けんそう》は遠くなっていく。バルコニーは人気がなく、しっかりと話をするのにはちょうど良い。

「なぜ、パーティーに遅れたのですか？」

私は振り返ってエリオットに向き合うと、そう切り出した。

「約束していましたよね。今日のパーティーはエリオット様がエスコートして下さると。私はずっと待っていたのに、エリオット様はなぜマリベル様と一緒に会場へ入ってきたんですか？」

当然の疑問をエリオットへと投げかける。

「それは……たまたまマリベル様が新しいドレスを見に来ないか、と。だから……」

「そうですか……私も実は新しいドレスなんですよ。何か感想はございますか」

私はドレスを広げてエリオットに見せる。

「え、ええと、その……」

普通の婚約者なら、まずは出会った瞬間ドレス姿を褒めるのがマナーだ。

しかしどうやらこの分では、私が新しいドレスを着ていたことすら気づいていなかったらしい。

とうとう限界に達した私は、エリオットに告げた。

「エリオット様。もう二度とマリベル様には近づかないで下さい」

「い、一体何を言っているんだ」

私の言葉を聞いたエリオットの、第一声はそれだった。

エリオットにもう一度同じ言葉を繰り返す。

「もう二度とマリベル様には近づかないで下さい、と言ったんです」

「そんな、なんで……」

「なんで、ですかって？　そんなの決まっているじゃありませんか。最近、エリオット様が婚約者である私を差し置いて、マリベル様とずっと一緒にいるからです。はっきり言って、異常です」

私の言葉にエリオットはムッとした表情になった。

「僕が誰と一緒にいるかは僕の自由だ！　君に口を出す権利はないだろ！」

「いいえ、あります。私はエリオット様の婚約者です。婚約者が他の令嬢と疑わしい関係を持っていれば当然関係を断《た》つように言う権利があります。それに私が学園でなんと言われているのか、ご存じですか？　エリオット様の恋を邪魔する悪女だと言われているのですよ？」

そう、私はエリオットの行動のせいで学園でそんな悪評までついているのだ。なんでも、私は幼い頃の婚約を口実に、エリオットがどれほど頼んでも婚約を解消してくれない、真実の愛を邪魔する狭量《きょうりょう》な女だそうだ。

口を出す権利がない訳がない。

「僕とマリベル様は別にそんな仲じゃない」

「エリオット様がどう思っているかは関係ありません。傍から見ればエリオット様のされていることはどう見ても浮気なんです。それはご理解されてますか?」

私がそう言うと、エリオットは呆れたような顔でため息をついた。

「あのさぁ、こう言うのもなんだけれど、その、少し嫉妬が過ぎないか? 僕とマリベル様が少し仲良くしていたからって、浮気って……君がこんなに嫉妬深いなんて知らなかったよ」

しまいには明らかな嘲笑《ちょうしょう》のようなものをエリオットは浮かべる。

「…………は?」

私はエリオットの言葉に一瞬思考が止まった。

そして沸々《ふつふつ》と私の中でさらに怒りが湧いてくる。

「嫉妬…………そう、嫉妬ですか」

口から乾いた笑いが漏れた。

しかしニコリと笑顔を保って、エリオットに質問する。笑顔からは怒りが滲み出ていたかもしれない。

「まず、今日の約束を破ったのは、どちらだったでしょうか」

「それは……」

「一度だけなら、まだ許します。ですが、今日みたいに約束を破るのは何回目ですか? もう何回も約束を破っていますよね? その上、私は何度も忠告しました。それなのに、関係を断つように言うのが嫉妬ですか？」

　エリオットはもう何回も約束を破っている。

　私はそのたびに何度も注意した。

　しかし今日、エリオットは私ではなくマリベルを優先した。

　婚約者の私ではなく、マリベルを。

「エリオット様は、女性をエスコートもなしに一人でパーティー会場に放り出すことが、どれだけの恥と屈辱を与えているのかを全くご存じないようですね。私がどれだけ惨めな思いをしたのか、分かっているんですか？」

「それは……」

　私は胸に手を当ててエリオットに問いただす。

　エリオットは私を放り出したことには罪悪感があるのか、言葉を詰まらせた。

「私を一時間も待たせた挙句、他の女性と会場に入ってきて、約束を破った理由が他の女性を優先したからだと言われたら、誰だって怒りますよね？　それを嫉妬だと、本気でそうおっしゃっているんですか？」

　私は半ば呆れた顔でエリオットにそう尋ねた。

　それがエリオットの癇《かん》に障《さわ》ったようだ。

　エリオットは私を睨みつけ、怒鳴りだした。

「君はいつもそうだ！　僕にぐちぐちと嫌味ばかり！　婚約者を立てようという気持ちはないの

か！」

「……はい？」

咄嗟《とっさ》に意味を理解できなかった。

私はエリオットの言葉を呆然と聞いた。

エリオットがいわゆる逆ギレを始めた。

「いつも真面目なことばかり、君はエスコートがないのを恥だと言うけれど、この状況だって僕にとっては恥だ！　そんなことも分からないのか！」

私が真面目なことばかりを説教しているのは、エリオットの言動があまりにも不真面目だからだ。

私だって説教したくてしている訳ではない。

それに私の場合は人のいないバルコニーで忠告をしているのだから、エリオットに公衆の面前で一人恥をかかされた私とはまるで状況が違う。

それなのに、エリオットはまるで私が悪いかのように責め立てる。

黙って私が聞いていると、エリオットの罵倒《ばとう》はどんどんとヒートアップしていく。

「だいたい、君に魅力が足りないのが悪いんじゃないか！　マリベル様と比べたら、君は天と地ほどの差があるじゃないか！」

「なっ……！」

エリオットの言葉に、私の胸が痛んだ。

私の見た目は亜麻色の髪に、控えめな化粧で、確かにマリベルの容姿と比べたら見劣りするかもしれない。

しかしこの見た目なのには訳があった。

「エリオット様が目立たない方が好みだって言ってくれたんじゃない……だから私はずっと目立たないように……」

エリオットと婚約をしたての頃、私は着飾るのが好きでいつもオシャレをしていた。

だけど、年齢を重ねるにつれ、エリオットは私が着飾っているのを見ると表情を曇らせるようになった。

そしてエリオットは私に「婚約者として綺麗になりすぎて他の男に注目されてほしくない」と言った。

私はそう言われた時、とても嬉しかった。だからその言いつけをずっと守ってきたのに……

「知らないよ！　君の容姿が悪いのは君の努力不足だろ！　それなのに、僕の心を掴みきれないのを僕のせいにするな！」

「っ……⁉　エリオット様！　言って良いことと悪いことがあります！」

ついには私の容姿を貶《けな》し始めたエリオットに、私は注意する。

だが、完全に頭に血が上っているエリオットは止まらなかった。

そして、私との関係に大きなヒビを入れる、致命的な言葉を私へと放った。

「黙れ！　もう君との婚約はうんざりだ！　こんな婚約するんじゃなかった！」

——こんな婚約するんじゃなかった。

その言葉は私の心にまるでナイフのように突き刺さった。私は今までこの婚約を維持するためにずっと努力してきた。それなのに、罵倒され、容姿まで貶された私は、ついに………エリオットへの愛想が尽きた。

だから、私はエリオットに告げた。

「………そうですか、なら、婚約破棄しましょう。エリオット様？」

「……え？」

婚約破棄、という言葉にエリオットは呆けた顔になる。

「そこまでおっしゃるなら、婚約破棄しましょう。だって、私はマリベル様に比べて、魅力が全くないのでしょう？　そんな私と婚約しているエリオット様が可哀想なので、今すぐにでも婚約破棄した方が良いですね」

「そ、そんなつもりで言ったんじゃ……」

エリオットも婚約破棄されるのは不味いと思ったのだろう。

慌てたように自分の言葉を訂正しようとするが、もう遅い。

「私は今まで、できるだけエリオット様との婚約を維持できるように努力してきました。だけど、エリオット様には私との婚約なんて邪魔でしかなかったようですね」

エリオットに完全に愛想を尽かした私はニッコリと笑ってそう告げる。

しかしエリオットはなんとか婚約破棄を止めようとしてくる。

「セ、セレナ！　待ってくれ！　今のは本当に違うんだ！」

「待ちません。私は今まで散々エリオット様に忠告してきました。それを無視して、それどころか私を貶したエリオット様を待つ義理はもうありません！」

私の気迫にエリオットは押されていた。

私は少し深呼吸をして気持ちを落ち着けると、またニコリと笑う。

「私と婚約破棄が完了すれば、どうぞ、マリベル様に婚約を申し込みなさって下さい。私はエリオット様のことを応援しておりますから」

そう言って私は踵《きびす》を返すと、その場から立ち去ろうとした。

「ま、待ってくれセレナ！」

「触らないで！」

「っ……！」

エリオットが私の腕を掴んでくる。

私はその手を弾いた。

エリオットは私を見て怯《ひる》んでいた。

私の目から雫が溢れていたからだ。

滅多に涙を流さない私が泣いているところを見て、エリオットは動揺していた。私はエリオットに泣いているところを見せるつもりはなく、それどころか誰にも泣いてるところを悟らせたくなかった。泣き顔を見られた屈辱《くつじょく》や、恥ずかしさや怒りの感情が私の中で渦巻いているのを隠して、エリオットを睨みつけた。

そしてパーティーの参加者に見えないように顔を隠し、急いでその場を後にした。

その時、バルコニーの扉のそばに立つ、黒髪の男性には気がつかなかった。

＊＊＊

私はハートフィールド家の屋敷に帰ってくると、まず両親に今日あったことを伝えた。そして、エリオットに婚約破棄を突きつけた、ということも伝えた。私が話し終わるまでずっと静かに聞いてくれた両親は、私の話が終わると、静かに抱きしめてくれた。

「そうか、今までよく頑張ったな、セレナ」

「ええ、貴女は何も悪くないわ」

二人の優しい声を聞いて私の目からは涙が溢れ出てきた。

「お父様、お母様、婚約を台無しにしてごめんなさい……っ！」

「貴女が謝ることじゃないわ」

「ああ、セレナがずっと心を砕いていたのは知っている。悪いのは全部エリオットだ」

両親はエリオットの最近の言動を知っていた。もちろん、他の女性を優先するなんて、ハートフィールド家を侮《あなど》っているのも同然なので、エリオットの家のサンダーソン侯爵家には厳しい抗議の書面を何回か送っていた。それでもエリオットは態度を改めなかったのだ。

　両親は何度か私にエリオットと婚約破棄をしたらどうかと勧めていたが、まだやり直せると考えていた私はその話を断った。

　その結果がこれだ。

　私は両親に対して申し訳ない気持ちでいっぱいだった。

　しかし両親はそんな私を責めるどころか、優しく包んで慰《なぐさ》めてくれた。

「明日にでもサンダーソン家に婚約破棄の旨を記した書面を送る。幸い、エリオットの最近の言動の証拠も証言もたくさんある。あちらの有責で婚約破棄はできるだろう」

「そうよ。私たちハートフィールド家は全く痛くも痒《かゆ》くもないわ」

「大丈夫だセレナ。お前も知っての通り、もとより我が家とサンダーソン侯爵家は、両家とも他国との貿易で利益を得ていた家系だ。そのビジネス関係の強化のために婚約しただけだから、無理に婚約を続ける理由は特にない。だから婚約破棄しても全く問題はないんだ」

　元より、手頃な婚約者を探していたハートフィールド家と、同じく婚約者を探していサンダーソン侯爵家が、同い年の男女がいるのを見つけて婚約しただけだ。

「セレナ、とりあえず後は私たちに任せなさい。後日両家の話し合いがあるだろうが、セレナは顔を出さなくてもいい」

「ありがとうございます……」

私はお父様にお礼を述べた。正式に婚約破棄を決める話し合いに顔を出さなくてもいいのは、ありがたかった。正直、エリオットの顔も見たくない。ずっと裏切られ続けて、彼と関わること自体疲れてしまった。

「セレナ、もう寝た方がいいわ。貴女も疲れているでしょう」

お母様が心配そうに私にそう勧めてきた。きっと私は酷い顔をしていたのだろう。確かにお母様の言う通り、今日は色々とあったせいで精神的にかなり疲れていた。

「はい、そうします……」

私はお母様の言葉に素直に従って自室へと帰った。簡単に湯浴《ゆあ》みをして、寝巻きに着替えると私はベッドに入った。

ベッドの天蓋《てんがい》を見ると、今までのことが頭の中にフラッシュバックした。

八歳でエリオットと婚約したこと。

それからはずっと婚約者としてうまくやっていたこと。

(昔は、本当に仲が良かったのに……)

私たちはずっと仲の良い婚約者だった。

私の思い込みではなく、客観的に見て、私たちはとても良好な関係を築いていた。流石にあまりにも幼い時に婚約したから恋人同士のような、甘い関係ではなかったけれど、まるで家族のような、兄妹のような、そんな近い関係だった。

思い出の中のエリオットは、いつも私のことを第一に考えてくれる、素敵な婚約者だった。

　エリオットが私の十歳の誕生日に贈ってくれた、大きな宝石をあしらったネックレスは、今でもベッドサイドの机の引き出しに置いてある。私はそれを引き出しから取り出し、手に取った。

『うーん、私にはまだ似合わないわね』

『もっと大きくなったら、きっとセレナにも似合うよ』

『本当？　じゃあ、私が大人になったら、エリオット様のためにこのネックレスをつけるわね』

　十歳の頃につけても似合わないから、もっと大人になったらつけよう、とエリオットと約束をした。

　それからこのネックレスに似合う女性になろうと、一層綺麗になるための努力をした。でも、それもエリオットの「目立たないでほしい」という言葉でやめてしまった。時折、何度かこのネックレスをつけていったけど、エリオットはこのネックレスの約束も忘れてしまったらしく、ネックレスごと私を批判した。

「うっ……」

　悲しくなって、涙が溢れてきた。

　確かにエリオットにはとても酷いことを言われた。今でも婚約破棄を突きつけたことに後悔はないが、何かもう少し良い方法があったのではないか、とそんな考えが頭をぐるぐると回る。

　でも、そんなことを考えても無駄なのだ。

　エリオットとの関係はもう修復が不可能なほど破綻《はたん》してしまったのだから。

十六歳になった今年、私と一緒に学園に入学したエリオットは、入学式でマリベルに一目惚れしてしまったから。

そばにいる私から見てハッキリと分かってしまった。

それからエリオットはマリベルの周りに付きまとうようになった。侯爵家であり、それなりに顔が整っているエリオットはマリベルの覚えもよく、彼女の隣にいる一人になった。

当然、私はエリオットに何度も忠告した。しかし、エリオットのマリベルに対する熱は止まらず、それどころか忠告する私を邪険に扱うようになった。

関係が壊れ始めたのはそこからだ。

半年間、私はエリオットとの関係を繋ぎ止めようと努力をした。

だが、それは叶わなかった。

「どうしてこんなことになったんだろう……」

一人ポツリと呟いたその言葉は静かな部屋に寂しく響いた。

それでも、幸せの象徴だったこのネックレスを捨てる決心は私にはまだできなかった。

私はそのネックレスを机の引き出しの奥に仕舞い込むと、目を瞑って、眠りに落ちた。

慌てた様子のサンダーソン侯爵夫妻とエリオットがやってきたのは、翌日のことだった。

＊＊＊

翌日、慌てた様子のサンダーソン侯爵家の当主と夫人、エリオットが私のハートフィールド侯爵家の屋敷へとやってきた。

昨夜、両親がサンダーソン家へと送った、エリオット有責で婚約破棄をする、という文面の書類に相当慌てたのだろう、三人はとても動揺していた。

サンダーソン侯爵は、額に汗をかいている。

彼はエリオットと同じく草食動物のように柔和そうな容姿をしていた。ただ、私たちの抗議を全て無視しているので、見た目とは裏腹に性格は言葉を選ぶなら、「貴族らしい」性格、と言うべきだろう。

私はその日は学園を休んで、その話し合いに参加することになった。両親は私に「話し合いには参加しなくていい」と言ってくれたが、一夜明けて、時間をおいた今、冷静になった私は当事者としてケジメを付けたかった。

私と両親、そして机を挟んで対面にはエリオットとサンダーソン侯爵夫妻が座っている。

客人を迎えるための応接室はハートフィールド家の力を示す場所でもあるので、高級品のテーブルや椅子の他にも調度品や絵画などの芸術品が置かれている。どれも他国から取り寄せたり、自国のバイヤーから買い取った高級品ばかりだ。

窓からは朗《ほが》らかな朝日が差し込んでいるのに、応接室の中にはピリピリとした緊張感が漂っていた。

重苦しい雰囲気を裂くように話し始めたのは、お父様だった。

「それで、一体なんの御用ですかな」

お父様の声には静かな怒りが込められていた。

小さな怒りなどではなく、煮えたぎった鍋の如き烈火の怒りだ。

いつもはにこやかで優しげな笑顔を浮かべているお母様もハッキリとエリオットとサンダーソン夫妻を睨みつけている。

そんな二人に対して、エリオットとサンダーソン侯爵夫妻は萎縮《いしゅく》しきっていた。

(今回は完全にサンダーソン侯爵家側に責任があるから、そうなるのも仕方がないかもしれないけれど)

エリオットが浮気行為をしたのは明らかで、証言も証人もたくさんいる。加えてハートフィールド家は複数回にわたってサンダーソン家に抗議をしていた。それを聞き入れなかったのはエリオットとサンダーソン侯爵家だ。婚約関係にヒビを入れたのも、婚約関係を壊したのもサンダーソン家側だ。

つまり、契約を破ったのはあちらで、被害者はこちら。

立場的には私たちハートフィールド家が圧倒的に上だ。

「その……話し合いを……」

サンダーソン侯爵が目を泳がせながら、そう言った。

「ハッ」

お父様がサンダーソン侯爵の言葉を鼻で笑った。

「今更話し合いだと？　我らハートフィールドの話を無視していたのはそちらだったはずだが」

「そうですね。抗議の書面は何度も送っていたのにそれを無視して、自分たちの話は聞いてほしい、ですか？　あまりにも都合が良すぎるんじゃありませんか？」

お母様が微笑を浮かべながらお父様の言葉を肯定する。

そして今度はエリオットの母親であるサンダーソン夫人に目を向けた。

「貴女にも何度も私から苦言を言っていましたよね？　お茶会の席で何度も」

「それは……」

サンダーソン夫人は決まりが悪そうな顔で目を逸らす。私は話だけしか聞いていないが、お母様も夫人には何度か注意をしていたらしい。しかしそれがまともに聞き入れられることはなかったそうだ。

サンダーソン侯爵は言い訳を続ける。

「わ、私たちにも事情があったのです……」

「事情だと？　それが私たちにした仕打ちの免罪符になるとでも思っているのか。我々をコケにするのも大概にして頂きたい」

お父様の言う通り、たとえ事情があったとしても私たちを蔑《ないがし》ろにする正当性が得られる訳ではない。

見苦しい言い訳だった。

（そもそも、事情があったのかすら怪しい……）

私にはその場しのぎの言い逃れにしか見えなかった。

お父様は表面上は冷静に対処していたが、内心では怒りが荒れ狂っているのが私には分かった。

お父様とお母様の怒りが滅多なことでは鎮まらない、と悟ったサンダーソン侯爵は、予想外の行動に出た。

「本当に申し訳ございませんっ！」

サンダーソン侯爵が床に頭をつけて謝罪してきた。

「なっ⁉　あなた！」

「父上⁉　何をしているんですか！　顔を上げて下さい！」

一家の主が土下座するという状況に、サンダーソン夫人とエリオットは驚愕《きょうがく》し、頭を上げさせようとする。しかし侯爵は頭を上げず、必死に私たちに謝罪を続けた。

「本当に申し訳ございません！　しかし、どうか婚約破棄ではなく、婚約解消にして頂きたい！」

サンダーソン侯爵はそんなことを言ってきた。

「婚約解消にしてほしい……？」

思わず私の口からそんな言葉が漏れた。

サンダーソン侯爵が言った言葉があまりにも予想外の言葉だったからだ。

「エリオットはまだ十六歳です！　婚約破棄となれば、新たな婚約の相手がいなくなります！　ここはどうか穏便に、破棄ではなく解消にして頂きたいと……」

婚約破棄ではなく婚約解消になるということは、つまりそれはエリオットの浮気や、その他のハートフィールド家を軽視した態度も公《おおやけ》にしないということだ。

確かに婚約破棄をすれば、エリオットの所業はすぐに貴族の世界に広まるだろう。他家を蔑ろにする家とは、当然誰も関係を持ちたいとは思わないので、エリオットが婚約を結ぶのは難しくなるだろう。もし婚約を結べたとしても、条件の悪い婚約ばかりとなるはずだ。

「それはつまり、和解をしたいということかね……？」

「それは流石に都合が良すぎるんじゃないかしら？」

お父様とお母様の声色は明らかに怒っていた。

それもそうだろう。

今までサンダーソン侯爵家がハートフィールド侯爵家にしてきた仕打ちを思えば、和解にしてほしいというのは流石に都合が良すぎるにも程があるだろう。

「和解金はそちらの希望の額をお渡しいたします！　ですからどうか、婚約破棄だけは……！」

「今まで私たちの言葉を散々粗末に扱い、不貞行為までした其方の息子を、金を多めに支払っただけで無条件で許せと……？」

「ぼ、僕は不貞行為をした訳じゃ……」

「一つ、忠告をしておくが、君がどう思っているのかは知らないが、君のしたことは客観的に見れば不貞行為となんら変わりはない」

　お父様は不貞行為ではないと主張しようとしたエリオットを一刀両断する。

「和解など生ぬるい。断らせて頂く」

　お父様の下した決断は和解の提案を断ることだった。

　私もお母様もこの決断には不服はない。サンダーソン侯爵家にされたこととの釣り合いがあまりにも取れていない。

　しかし尚もサンダーソン侯爵は食い下がった。

「ですが、これはお互いにとってもメリットがあると思うのです！　ほら！　そちらも婚約破棄となれば、名前に傷がつくでしょう！」

「お互いのためだと？　どう考えてもそちらしか得をしてないだろう。それどころか私たちの方が損をしている。なんせ、義理を欠くような対応をされたにもかかわらず、何もせずに許したとなればハートフィールド家の名前に傷がつくのだからな」

「それは……！」

　侯爵の言い分は一見お互いのことを考えているように見えて、実際は自分のことしか考えていない言葉だった。上辺だけの言葉で私たちのことを騙《だま》そうとしているのがバレバレだった。

　この期に及んでまであからさますぎるサンダーソン侯爵の言葉に、お父様は怒りを通り越して呆れ果てたため息をついた。

「我々は和解なんて生温《なまぬる》い方法では解決はしない。婚約は破棄する。確実に。我々を甘く見るな」

　お父様はサンダーソン家の面々を睨みつけ、断固とした声で断言した。

　サンダーソン家の三人はお父様の威圧に息を呑んだ。

「ただ、賠償の内容は私の娘に任せるとしよう。セレナ、どうしたいかはお前が決めるといい」

「えっ」

　父の言葉に私は驚いた。

「私が、ですか」

「ああ、私もセレナには大きな負担をかけてきた。この件はセレナの望むように決着をつけなさい」

「そうね。ずっと我慢を強《し》いてきたんだもの。セレナの好きにするべきよ」

　お父様とお母様に背中を押されて、私は今回の決定権を引き受けた。

　それなら、と私はエリオットに対する要求を言おうとした。

　しかし――

「セレナ！　頼む、許してくれ！」

　私に決定権が移ったと理解するや否や、エリオットが私に許しを乞うてきた。今までは親同士の話し合いで口を挟むことができなかったが、私には意見できると思ったのだろう。

そんなエリオットの態度にお父様とお母様はぴくりと眉を動かすが、私に決定権を委ねているので、何か口を挟むことはなかった。

「許してほしい、ですか……エリオット様。貴方からは一度も謝罪の言葉を頂いていません」

「っ……！」

そこで、エリオットは今まで一度もエリオットの口から謝罪の言葉が出ていないことに気がついたようだった。

私は今更気がついたのかと呆れ返る。隣に座っているお父様とお母様も同じく呆れ返っていた。

これだけ許してほしいと言いながら、一度も自分のしたことは謝罪しないなんて。

もとより反省する意思なんてない、と態度で示しているのと一緒だ。

「許してほしいと言いながら謝罪の一つもなく、反省もない。そんな貴方をどうやって許せと言うのでしょうか」

「それは…………セレナ、今まですまなかった」

そうして、ようやくエリオットは私に謝罪をした。と言っても、もうほとんど手遅れだったが。

しかしエリオットはそれを理解していなかったのか、パッと明るい表情になった。まるで、

「謝ったし、これで許してもらえるだろう」というような表情だ。

「そ、それでセレナ、婚約破棄の件についてだけど……」

「婚約の破棄はさせてもらいます」

「えっ……なんで……」

「なんでって、謝ったから許してもらえると思っていたんですか……？」

エリオットが呆けた表情で私を見ていた。この分ではそう思っていたようだ。私は一つため息をつく。

そんな私の態度に腹が立ったのか、エリオットはムッとした表情になっていた。

「君が謝れと言ったから謝ったのにそんな言い方をするなんて……」

この期に及んでまだお門違いな怒りを浮かべているエリオットに、私は静かに語りかけた。

「エリオット様、私は今まで貴方との婚約を維持しようと、努力を続けて参りました。どんなに酷いことをされようと、エスコートを放り出されようと、私にどんな悪評がつこうと、エリオット様との関係を改善しようとしてきました」

エリオットは気まずそうに目を逸らした。

「ですが、私が何度も諦めず差し伸ばした手を、それでも払《はら》い除《の》けたのはエリオット様自身です」

確かに、まだエリオットに対して情はある。

エリオットとの婚約がこうしてなくなってしまうことを残念に思う気持ちもある。

しかしそれはエリオットとの昔の記憶を思い出して残念に思ってるだけであり、今のエリオットにはもうなんの感情もない、というのが私の本音だった。

私の中にあったエリオットへの感情はバラバラに砕け散り、何も残ってはいなかった。

「エリオット様がどう思われているのかは私には分かりませんが、私は感情のない人形ではないのです。……もうエリオット様に裏切られるのには疲れました」

「人形だなんて、僕はそんなふうには……」

「なら、なぜ私の気持ちを考えてはくれなかったのですか。私が苦しんでいるのを見て、何も変えようとはしてくれなかったのですか」

「……」

エリオットは答えない。

実際にエリオットは何もしなかった。

私が何を言おうとも、固く耳を閉ざし、目を逸らしたのだから。

「結局、エリオット様は私のことをなんとも思っていないのです。ですから、こんなに酷いことができるのです」

私のことは大切じゃないから、私がどんなに傷つこうとも、痛みを訴えようともエリオットは何も感じない。

そういうことなのだ。

「ですから、私はもうエリオット様との婚約を維持できるとは思いません」

「……すまない、セレナ。僕にできる償いがあるなら、どんなことでもするから……」

「エリオット様ができる唯一の償いは、婚約の破棄を受け入れて下さることです」

もう話し合いでどうにかなる段階はとっくの昔に通り過ぎた。

私は息を吸って、エリオットを真正面から見据《みす》えた。

そして、エリオットとサンダーソン侯爵家への要求をはっきりと述べた。

「私はエリオット様有責の婚約破棄、慰謝料としてサンダーソン侯爵家の資産の三割、そして、今回の婚約の破棄についての経緯の公開を望みます」

「なっ……！」

「それは……！」

エリオットとサンダーソン侯爵夫妻は自身が望んだものとは全く逆の展開になり、驚愕していた。

「……申し訳ありませんお父様、私は自室に帰ります」

正直に言って、私はかなり疲れていた。

そのため、私はソファから立ち上がり、自室へと戻ることにした。

「ああ、あとは任せなさい」

お父様とお母様はそんな私に優しい言葉をかけて、送り出してくれた。

そうして、その日の夕食の席でお父様とお母様が私の望みをサンダーソン侯爵家には伝えたと教えてくれた。

第二章 ◆ 差し伸べられた意外な手

サンダーソン侯爵家は私の望みを全て呑むことになった。

今回の婚約破棄についての経緯は事態の整理が終わり次第、すぐにでも発表することをサンダーソン侯爵は約束した。エリオットは最後まで私との婚約を戻したいと言っていたそうだが、私は全く心を動かされることはなかった。

そしてサンダーソン侯爵家との話し合いが終わり、翌日。

「本当に学園に行くのか……？」

「今日くらい休んだっていいのに……」

私が学園に行くと告げると、両親は心配そうに聞いてきた。昨日、一昨日といろんなことがあったので、心配する気持ちは分かる。しかし私は首を横に振った。

「いいえ、婚約破棄された今、きちんと勉学だけは修めておきたいので」

「そう？　でも、辛くなったらすぐに戻ってきてもいいのよ」

「はい。それでは行ってきます」

私は荷物が詰め込まれた鞄を手に持つと、馬車へと乗り込み、学園へ向けて出発した。

馬車に揺られながら外を見ていると、学園に近づくにつれ、次第にちらほらと学園の制服を着た生徒が見えるようになった。貴族は馬車に乗って登校するので、徒歩で通う彼らは恐らく平民の生徒だろう。

私が通う『国立レイヴンクロフト学園』は主に貴族が学ぶための学園だが、優秀な平民の生徒も通えることになっている。学園に通うための試験はかなり難しいらしいが。

学園に到着して馬車を降りた途端、嫌な予感がした。

(なんでこんなに注目されてるの……)

私に対する視線がすごく刺さってくるのだ。

もともと侯爵家という立場上、それなりに注目されることはあるのだが、それにしたって今日の注目のされ方は異常だ。中には私を見てヒソヒソと話している生徒までいる。

(エリオット様との婚約を破棄したことはまだ発表されてないから、注目されるようなことなんてしてないんだけど……)

少し気味の悪さを感じながら歩いていると、肩をポンと叩かれた。

「セレナ」

「リリス……」

私の肩を叩いたのはリリス・ドラクシス公爵令嬢だった。

彼女は私の親友であり、心を許して話すことができる数少ない人物でもある。

白く日光を反射する銀髪に、深い青色の瞳。容姿は恐ろしいほど整っており、まるで女神のように神秘的な美がリリスにはあった。

リリスは可愛らしい笑顔を浮かべながら私に挨拶の言葉を述べた。

「おはようセレナ。今日もいい天気ね」

「ええ、私もそう思うわ」

私は軽い口調でリリスに返事を返す。

リリスは公爵家で、本来家格の低い私ではこんなふうに口を利くのは駄目なことなのだが、リリスが私には気さくな口調で接するようにお願いしてくるので、いつの間にかこんなふうに話すようになった。リリスも貴族同士の会話は堅苦しいので、私との会話くらい敬語を外して会話がしたいらしい。

「あれ……どうしたのセレナ。元気がないわね。昨日は学園を休んでたみたいだし、何かあったの？」

リリスは私が元気がないことを鋭い観察眼で見抜いてきた。親友の観察眼に少し恐れを抱きながら、私はため息をつく。

「……うん、そうなの」

「そういえば……一昨日は学園のパーティーがあった日よね？」

そこまで言って、リリスは気がついたようだった。

エリオットが私に何かをしたのだと。

元々リリスにはエリオットのことを何回も相談したことがある。リリスにとっては私とエリオットの間に何かがあったのを察するのは容易《たやす》いことだろう。

「……もしかして、エリオット様がまた？」

「……うん」

私は頷いた。

「なんてこと……パーティーを欠席しなければよかったわ。それなら私もセレナと一緒にエリオット様に抗議ができたのに……」

リリスは眉を顰《ひそ》めてエリオットに対して怒っていた。

私のために怒ってくれることに嬉しさを感じながら、私はリリスにお礼を述べた。

「ありがとう、リリス。またお昼に私の話を聞いてくれる？　詳しいことはそこで話すから」

「ええ、セレナの話ならいくらでも聞くわ」

リリスは優しく微笑んで頷いた。

私はその笑顔に少し救われたような気持ちになった。

そして学園の校舎の中に入り、廊下を歩いていると。

さらに私に刺さる視線が多くなった。私はリリスにそのことを聞いてみる。

「そういえば、今日はやけに注目されるの」

「そうなの？　私は特に変わらないと思うけど……」

「それは……」

それは、リリスが綺麗だからだよ、と言いかけてやめた。

「でも、確かに変ね。いつもより学園の中の雰囲気がおかしいような……」

リリスも学園の中の変な空気を感じ取っていた。

そして私の教室の前までやってくると。

「……っ」

私は立ち止まった。

教室のドアの前に会いたくない人物が立っていたからだ。

ふわふわの金髪に、いかにも可愛こぶった鼻につく仕草。

マリベル・シュガーブルームが扉の前にいた。

「あっ！　セレナ様！」

マリベルは私を見つけると、急いで私の近くへとやってきた。

「ごめんなさいっ！　私、そういうつもりじゃなかったんです！」

そして廊下に響き渡るような大きな声で私に謝ってきた。

「本当にごめんなさい……！　私、なんて言ったらいいか……！」

マリベルは頭を下げて私に謝ってくる。

マリベルの声は今にも泣き出しそうなほど震えており、申し訳なさそうだった。

周囲で見ていた生徒が、公爵令嬢であるマリベルが頭を下げて謝罪したことでにわかに騒がしくなる。私はなんでマリベルに突然謝罪されているのか困惑しながら、慌てて顔を上げるようにマリベルに言った。

「お、お顔をお上げ下さい！」

家格が上の相手に頭を下げて謝らせるなんて、私とハートフィールド家の評判に差し障る。しかも相手はとても腰が低いのだ。

朝から起こった騒ぎは生徒の間に伝わっていき、周りに人だかりができ始めた。

「でも、私のせいでエリオット様と婚約破棄したんでしょう……！」

「なっ……!?」

マリベルの言葉に、私は驚愕する。

真っ先に思い浮かんだのは「どこからそれを聞いたの？」という疑問だった。

婚約を破棄した件はまだ公表されていない。一昨日、バルコニーには私とエリオットしかいなかったため、あの時の会話を聞かれていたとは思えない。そして私は婚約破棄のことについて、誰にも話していない。リリスには少し事件があったことを話したが、まだ婚約破棄したことは話していない。両親も誰かに話したりはしていないだろう。

つまり、婚約破棄の話は……

（エリオット……貴方から話したのね……）

私は正直、目眩《めまい》がしそうだった。

本来なら婚約破棄を他人に話すのはあり得ない。デリケートな話題であるし、まだ問題が解決していないのに誰かに話したら余計に問題が拗《こじ》れる場合もある。そもそも婚約については秘密にするのが常識だ。

（こんな大切な話を軽々しく人に言いふらすなんて……本当に信じられない……）

　でも、一体いつ話す時間があったのだろう？　婚約破棄が正式に決まったのはまだ昨日のことなのに。

　私の内心を察してか、重ねるようにしてマリベルは謝ってくる。

「ごめんなさい……！　私が無理矢理エリオット様から聞き出したの！　だって、パーティーの日、私の下に戻ってきたら、とても酷い顔をしていたんだもの。どうしても気になってしまって……！」

　私が婚約破棄を突きつけてパーティー会場から帰った後、エリオットはどうやらマリベルの下へと戻ったらしい。それも信じられないことだが、エリオットは正式に決まってもいない婚約破棄の件についてペラペラとマリベルに伝えたようだ。私は本当に頭痛がしそうだった。

「私、本当にそういうつもりはなかったの！　ただ単にエリオット様とは友人として仲良くさせてもらっていただけで、二人の仲を裂きたかった訳じゃ……っ！」

　今にも泣き出しそうなマリベルを見て、どんどん周囲の生徒にマリベルに対する同情が集まった。中には「マリベル様可哀想……」と呟いている生徒までいる。

　マリベルは婚約者を侍らされている令嬢にはすこぶる評判が悪いが、他の生徒には外面が極めて良いため、マリベルの評判は賛否が真っ二つに分かれている。

　つまり敵も多いが、味方も多い。どちらかといえば味方の方が多いだろう。

「どれだけ謝っても私のしたことは許されることではないと思う。だけど、セレナ様にはどうしてもそんなつもりはなかったことだけは知っておいてもらいたくて……！」

マリベルの言葉に私は内心で眉根を寄せた。

つまりマリベルの言いたいことを要約すれば、「私のせいで婚約破棄になったけど、私には責任はないよね？」ということだ。

（何を馬鹿なことを……そんな言い逃れをしたって、問題大アリに決まってるじゃない）

マリベルに責任がない訳がない。他人の婚約者を連れまわすことは明らかな問題だ。

それに私は実は一度、公爵家に抗議をしている。しかし予想通りマリベルが周囲に泣きついて、それに義憤《ぎふん》を燃やした周囲の生徒が私を糾弾《きゅうだん》し、なぜか私が責められる結果となった。

それを見た他の令嬢はマリベルの行動に不満を持ちつつも、やはり抗議ができないという状況を改めて認識させられたのだが……。恐らく、今日も前回と同じような状況になることを狙っているのだろう。

「その件に関しては、私からは何か言えることはありません」

私が選んだのは沈黙だった。

というか、沈黙しか選ぶことができなかった。

ここで許さないと言えば角が立ち、私の評判が悪くなるし、許すと言えばそれはそれでマリベルをなんのお咎めもなく許してしまうことになる。それは私は嫌だ。

だからここでは私は何も言わないのが正解だった。

（それに、貴女の目的は分かっているのよ）

マリベルの目的は私から「許す」という言質《げんち》を引き出すか、反対に私にマリベルを責めさせ、被害者を演じることだ。

どちらにしても私の立場が悪くなる。

だから私はどっちつかずの答えを返した。

マリベルはまだ自分が責任を追及される余地があることを察知したのか、悲しそうな表情になった。

「そんな……！　どうあっても許してもらえないのね！」

そしてマリベルは私の言葉を強引に解釈して、許してもらえなかった、という方向に誘導しようとしてきた。

「ですから、私から言えることは何もありません。許すとも、許さないとも今ここで申し上げることはできません」

これ以上話を誘導されるのも面倒臭いので、これ以上の解釈の余地がないように私はキッパリと断言する。

するとマリベルは驚きの行動に出た。

「なんなら、私がセレナ様とエリオット様との関係を戻せるように協力するから……！」

「……は？」

私は思わずそんな声が出た。

貴族の婚約関係に他家の貴族が横から口を出すなんて、いくら公爵家といえども無礼以外の何ものでもない。加えてマリベルは今回の婚約破棄の原因の一人であることを踏まえると、マリベルの言葉はハートフィールド家に対する挑発と取られても不思議ではない。

　そんなマリベルの言葉に対し、私が言い返す前にリリスが助け舟を出してくれた。

「マリベル様、流石に他家の方が婚約関係に口を出すのはいささか度が過ぎると思うのですが」

　リリスは口調と言葉に明確に非難の色を込めてマリベルを注意する。

　マリベルが私の下にやってきてから、静かに見守っていたリリスだが流石にマリベルの横暴を見過ごすことはできなかったようだ。私としても同じ公爵令嬢であるリリスが味方してくれるのはとてもありがたい。

　そして、私も一言マリベルに物申そうとしたところで……

「酷い……！　私はただセレナ様のために力を貸そうと思っただけなのに……っ！」

　マリベルは瞳から涙を流して泣き始めた。

　嗚咽《おえつ》を漏らして泣き始めたマリベルに私は一歩後ずさった。

「そんな、私はただ謝ろうと思っただけなのに……！　なんでそんなに酷いことを言うんですか……！」

　マリベルが泣き始めると、案の定、同情的なムードが流れ始めた。これではまるで私の方が加害者だ。

　そして、嫌な予感が当たる。

「マリベル様が涙を……！」

「あんなに一生懸命謝っているのに、そんな酷いことを言うなんて……！」

周囲で見物していた生徒たちが不思議なほどマリベルの肩を持ち始めた。

「私は悪気はなかったのに……！　ただ、エリオット様と仲良くしたくて……！」

マリベルはさらに大きな声で泣き叫ぶ。

別に私たちが言ったことは間違ってはいないし、正しい主張なはずだった。それどころか逆にこちらが被害者だったはずだ。

それなのに、マリベルが泣いただけでいつの間にか立場が逆転していた。

「マリベル様を泣かせるな！」

「そうだそうだ！」

「意地汚く謝罪を求めるなんて、恥を知れ！」

終いには私とリリスに罵倒まで飛び始めた。手元にあるものを投げつけてきそうな勢いだ。

私とリリスはこの場にいる人間の中では最上位の貴族なのに、こんなにも不敬な態度を取っているのは、マリベルという公爵家が味方しているのと、彼ら自身正義に酔っているからだろう。

人は正義の側に立っていると思い込んだ時、普通ならしないようなことをやってのける。

「マリベル様に謝罪しろ！」

「そうだ！　この悪女め！」

悪女というのは私がエリオットの恋路を邪魔しているというデマを信じた生徒の言葉だろう。

その言葉を皮切りに、私に対しての罵倒がさらに投げかけられようとした。

その時。

「これは一体何の騒ぎだ」

その声がした途端、辺りが水を打ったように静まり返り、人混みが割れるようにして真っ二つに分かれ、その中を一人の男性が歩いてきた。

濃い黒色の髪に鋭い光を放つアイスブルーの瞳。顔立ちは凛々《りり》しく、鼻筋が通り、口元には自信と何者にも屈しない強固な意志の表れが見て取れる。黒のブレザーの制服には金の装飾が派手すぎない程度に施されている。威厳《いげん》に満ちた外見と、その存在感で周囲を圧倒していた。

「……ノクス様」

生徒の一人がそう呟いた。

それを皮切りに、生徒たちが興奮に沸く。

「ノクス様がいらしたわ！」

彼の登場に、次第に生徒たちは騒ぎ始めた。

それも当然だろう。彼は学園中の注目を集める憧れの的であり、そのカリスマと風格は見るものを惹きつけてやまない。

――第二王子、ノクス・レイヴンクロフトなのだから。

私は唇を噛む。

終わった。マリベルの味方が現れてしまった。

マリベルは常日頃から、ノクスとは幼馴染で家同士の付き合いもあるので、彼と仲が良いのだと吹聴《ふいちょう》している。

滅多に誰とも関わろうとしないノクスがやってきたことに、生徒たちは興奮していた。

その期待は、私たちの断罪。

マリベルを泣かせた私たちに一泡吹かせてほしいという期待がありありと見てとれた。

「ノクス様！」

マリベルはさっきの泣き顔から一転、輝くような笑みを浮かべた。そして、なんとマリベルはまるで助けを求めるようにノクスの腕に抱きついた。

しかしマリベルが抱きついた瞬間……

「放せ」

ノクスはマリベルを睨みつけた。

離れている私ですら震えるような底冷えのする声だった。

「貴様、誰の許可を得て俺に触れているんだ」

ノクスは周囲にいる全員が凍りつくような視線を投げかけた。

絶対零度の怒り。

「も、申し訳ありません……」

ノクスの発する怒気に流石にマリベルも萎縮《いしゅく》したのか、気まずそうに謝ってノクスから腕を離

した。

ノクスはマリベルが腕から離れると不機嫌そうに鼻を鳴らし、襟《えり》を正した。

誰にも心を許さず、誰も寄せ付けない。特に女性に対しては、触れられることすら嫌悪する。これが『黒氷の王子』と呼ばれている理由だ。

それにしても、マリベルとは仲が良いはずなのに、あんな目を向けられているのが不思議だな、という思いが頭によぎった。

不機嫌なオーラを出しつつも、ノクスは腕を組んで聞く態勢に入った。

「それで、この騒ぎは何が原因だ。お前たちの騒がしい声が廊下の向こう側でも聞こえてきたから、大体事情は察したが、何が起こったのか話せ。俺が公平に判断してやる」

それはつまりノクスが話を聞いてどちらが悪いのか判断してやるということだった。

ノクスがそう言った瞬間、マリベルは待ってましたと言わんばかりにノクスに訴え始めた。

「私が悪いのです！　私がエリオット様と親しくしていたせいで、お二人が婚約を破棄しようと……でも、私はどうにかやり直してほしいと思って、お二人の仲を取り持つと言ったのですが、とても酷い言葉を言われて……！」

「ふむ」

マリベルはノクスに説明をしている最中、また嗚咽を漏らして顔を覆い始めた。しかも自分が悪いと言っておきながら、私たちを責める始末だ。

言っていることが矛盾しているのだが、周りで聞いている生徒は「マリベル様可哀想……」と気がついていない様子だ。

「酷い言葉を言ったのか？」

　ノクスが私に質問してきた。

「そんな……！　それは違います！　私たちは流石に婚約話に口を出すのは失礼じゃないかと指摘しただけで……」

　私はマリベルの言葉を否定する。

　私たちは酷い言葉なんて言っていない。マリベルは明らかに嘘をついている。

　リリスもノクスに事実を説明する。

「私も証言いたします。マリベル様が自分の行動のせいでエリオット様と婚約を破棄しなければならなかったことを謝罪し、もしよければ自分がエリオット様との婚約をもう一度結べるようにする、とおっしゃったので、流石に失礼ではないかと注意したところ、マリベル様が酷い言葉を言われた、と……」

「ふむ」

　そんな状況を見て、ノクスは……

「話を聞いている限りだが……シュガーブルーム。お前に非があるように思えるが」

「え？」

　マリベルは驚いた顔をしていた。

　それは私も、私たちへ罵倒を投げかけていた生徒たちもだ。

「お前が他人の婚約者をアクセサリーのように侍らせているのは俺も知っている。確かハートフィールド家は一度お前に面と向かって抗議をしたとも聞いている。それでもお前がエリオットに近づき続けたのだから、たとえ酷い言葉を言われたとしてもお前は文句を言える立場ではない。何を被害者面をしているんだ？」

　ノクスは眉根を寄せて首を傾げる。

　全くの正論であり、マリベルも生徒たちも反論ができないようだった。

「お前は誠心誠意謝罪する立場ではないのか？　他人を煽動《せんどう》し、責めさせているお前の方がよっぽど悪質だと思うが」

「で、ですが」

「それにお前は酷いことをしたという自覚があるんだろう？　自分で言っていたじゃないか。ならそれで話は終わりだ」

　ノクスが話を切り上げようとすると、マリベルは慌てて食い下がった。

「ま、待って下さい！　私は……！」

「俺の判断に間違いがあると言いたいのか？」

　ノクスはマリベルを睨む。

「いえ、そんなことは……」

「なら問題はないな」

　ノクスはマリベルの言葉をシャットアウトする。

ノクスはマリベルをバッサリと切り捨てると、辺りにいた生徒たちを見渡す。

「お前たち。表面だけを見て判断するな。顔は覚えた、次はないぞ」

ノクスは厳しい口調で私たちを責め立てていた生徒たちを睨みつける。

憧れの的であるノクスにそう言われて、私たちを責めていた生徒たちは萎縮していた。

「これで終わりか。俺はもう行くぞ」

そしてノクスはその場から立ち去っていった。

ノクスが立ち去った後、マリベルは信じられないものを見るような目でノクスの背中を見て、口をパクパクとさせていた。

「うっ……！　酷い、私はそんな……」

そしてマリベルはまた泣き出して顔を手で覆うと、私たちの下から去っていった。

＊＊＊

そして昼休み。

リリスが所属する生徒会の個室サロンで、私はリリスに話を聞いてもらっていた。

この個室サロンは椅子とテーブルが置かれるのみで窓はない。五人以上入れば手を伸ばすこともできないくらい狭くなるだろう。

しかしこうして二人きりの密会を開くには最適だった。

私は生徒会の役員ではないのだが、誰かに聞かせたくない話をする時はこうしてリリスの伝手《つて》で招待してもらっていた。

「なるほどね……この数日でそんなことがあったのね」

エリオットに婚約破棄を叩きつける理由となった出来事を聞いたリリスは、紅茶のカップを机に置いた。

「そうなの……酷いと思わない!?　私に魅力が足りないのが悪いって……！」

「そうね。セレナは少し磨けば輝く宝石だと思うわ」

「うん、私もそう思う。私可愛いし」

私は正直に言って自分のことは可愛いと思っている。

顔は整っているし、エリオットの要望で容姿を地味にしていただけで、地味メイクをやめて磨き上げればマリベルにも劣らない容姿になるだろう、というのが自分を客観的に見た時の評価だ。

私が自分のことを可愛いと自覚したのは子供の頃だ。

幼少期から、使用人も家族も私のことは可愛いと持て囃《はや》してくれた。初めはただの身内贔屓《みうちびいき》だと思っていたけれど、幼稚舎に上がる頃には、同年代の貴族の少年たちからも容姿を褒められることが増えてきて、告白されることまであった。

そして八歳の頃、婚約者となったエリオットから「可愛い」と言われた時は、自分の容姿に感謝したくらいだ。

　こうした経験を経て、私は自分の容姿が可愛いのだと自覚していった。

　ただ、そんなことをリリス以外に言おうものなら「調子に乗ってる」と思われるだろうから言わないけれど。

　しかしある日、エリオットは私が他の貴族の令息に誉められているのを見て、「君が可愛いと誉められると嫉妬するから、地味なメイクをしてくれないか」と言った。もちろん嫌だったけれど、エリオットの「君の容姿じゃなくて、中身が好きなんだ」という言葉を信じて、容姿を地味にしていった。

　だけど、最後はその地味にした容姿が理由で振られてしまったのだけれど。

　なんとも滑稽《こっけい》な話だ。

　そんなことを考えていると、リリスの笑い声が思考を遮った。

「ふふ、セレナのそういう変に謙遜《けんそん》しない素直なところ、私は好きよ」

「私もイメージに反して結構ズバッと言ってくれるリリスは好きだよ」

　リリスは世間の儚くも美しい女神のようなイメージに反して、結構毒舌なところがある。

　私は私で、世間からのイメージでは大人しそうだが、計算高く、かなり自信家なところがある。

　仮面の下に本性を隠しているもの同士、気が合うのだろう。

　とすると、エリオットのせいでついた悪女というイメージはあながち間違っていないのかもしれない。

「そういえば」

リリスは思い出したかのように話を切り出した。

「さっきの事件のことなのだけれど、少しおかしいと思って、私も調べてみたの。あまりにもマリベル様の味方が多かったでしょう」

「確かに……」

「そしたら、私たちに味方をしてくれている生徒が人垣に阻まれて、私たちのところまで来れなかったそうなの」

「それってもしかして……」

「そうよ。あの人混みは予《あらかじ》め集められてたのかもしれないわ」

「確かにそれが本当だとしたら、あんなに都合よく周囲の生徒がマリベル様に味方した理由が分かるわね」

いくらなんでも、あの状況で全方向から責められたのは不自然だ。

マリベルの味方ばかりが誘導されていたのだとしたら不思議なことはない。

「絶対に計算してるわ。あの女……」

「セレナ、少し口が悪くなっているわよ」

「あっ……いけない」

私は慌てて口を塞ぐ。

ここには私とリリス以外誰もいないとはいえ、誰が聞き耳を立てているかは分からないのだから用心するに越したことはない。

「それにしても、ノクス様があんな騒ぎの中にやってくるとは思ってなかったから、すごくビックリした」

　ノクスのイメージから、誰とも関わることをしない孤高の存在だと思っていたので、私はとても驚いていた。

　ちなみに、私たちが通う学園は中等部と高等部が存在しており、それぞれ学年が三つある。一学年七クラスあり、私とリリスは二組、マリベルとノクスは一組に所属している。エリオットは五組だ。

「しかも、あそこまで冷静に判断してくれるとは……」

　ノクスはマリベルの作り出した悲劇のヒロイン的な雰囲気に呑まれるどころか、ちゃんと本質を見てどちらが正しいかを判断してくれた。公爵家であるマリベルをあんなふうに怒ってくれるのは王家しかいないので、とてもありがたかった。

　さっきの出来事を思い出していると、リリスが私のことをじっと見ていた。

「どうしたの？」

「ううん、なんでもないわ」

　リリスは首を横に振る。

「あの人はあれで曲がったことは嫌いなタイプなのよ」

「そういえば、リリスはノクス様とはいとこだったっけ？」

「ええ、昔から何かと話す機会はあるのよ」

リリスの母は王家から降嫁《こうか》した姫であり、そのためリリスの瞳は王族の色が混ざった青色だった。

リリスは話を切り替える。

「それで、シュガーブルーム公爵家へはどうするつもりなの？　エリオット様との婚約がああなった以上、無関係とはいかないでしょう」

「お父様には今回の婚約破棄に至るまでの経緯を書いて、書面で厳重に抗議してもらってるから、マリベル様も流石にお咎めなしとはいかないと思う」

「まあ、そうでしょうね。きっとそれが分かっているから公衆の面前でセレナに謝ってきたんじゃないかしら」

「やっぱりそうだよね」

マリベルが謝ってきたのは、お咎めなしで許してもらう算段だと思っていたが、私の予想はやはり正しいようだ。きっと自分に対するお咎めが少しでも少なくなるように予め手を打ってきたのだろう。まるで悲劇のヒロインぶったマリベルを思い出すだけで怒りが湧いてくる。

「絶対に許さない……」

「また助けが必要なら私に言ってちょうだい。力を貸すから」

「うん、いつもありがとうリリス」

私はいつも力を貸してくれるリリスにお礼を述べた。

「それにしても、セレナがこんなにあっさり婚約をなかったことにするなんて思ってなかったわ。あんなにエリオット様との婚約を維持しようと頑張っていたんですもの」

確かに、今までの私はエリオットにどんなことをされようともずっと婚約を維持しようとしてきた。私がマリベルのことで文句を言っても『君には関係ないだろ』と吐き捨てられたり、昔のような関係になろうと手紙を送っても無視されたとしても。婚約の記念日にプレゼントも贈った。でも、エリオットからは言葉すら返ってこなかった。

なのに私がこうもあっさりと婚約をなかったことにしてしまったことに、リリスは疑問を抱えているようだった。

私にはハッキリとした理由があった。

「うん、そうなんだけど……色々と溜まってたものが積み重なって、もうどうでも良いかな、って……」

今まであったエリオットへの感情は、もうほとんど残っていない。

きっと、私の中に積もりに積もった不満が爆発したのだと思う。

「本当にエリオット様のことは何とも思ってないの？」

リリスはもう一度確認してくる。

私は明るい表情で頷いた。

「うん、まだエリオット様には情はあるけど、もう婚約者だとは思ってないかな」

「そうなのね。親友の貴女が吹っ切れているなら良かったわ」

まるで念を押すみたいに確認してくるリリスを私は少し不思議に思いつつも、特に気に留めていなかった。

その時、個室の扉が開かれた。

私は思わず振り返る。個室に入ってくる人物に全く思い当たるところがなかったからだ。

「リリス」

「っ」

私はその場で固まってしまった。

なぜなら個室の中に入ってきたのは先ほど私を助けてくれたノクス第二王子だったからだ。

「ノ、ノクス殿下……!?」

「あら、ノクス様、いらっしゃったんですね」

私はノクスの突然の登場にとても驚いていたが、リリスは全く驚いていないどころかノクスがここに来ることを知っているような口ぶりだった。

突然のノクスの登場に私が呆けていると、リリスとノクスは親しげに会話をし始めた。

「すまない。少し遅くなった」

「生徒会の仕事ですから。仕方がありません」

「それよりも世話をかけたな」

「いえいえ、それほどでも」

リリスとノクスが親しげに会話している様子を、私は興味深く見つめていた。

常に孤高のオーラを纏っているノクスが誰かと親しくしているところを見るのが初めてだったからだ。確かに、いとことして昔から交流があったリリス相手なら当然のことかもしれないが。

それにしても、ノクスはリリスに何を頼んだのだろう、と考えていると。

「それじゃあ、私はこれで失礼するわね」

リリスが椅子から立ち上がった。

「じゃあ私も……」

恐らくこれからノクスがここを一人で使うのだろう、と思った私も椅子から立ち上がり、リリスと共に個室から出て行こうとした。

「待って、セレナ。貴女はここに残って」

「えっ……」

「ノクス様がセレナに話があるそうなの」

「わ、私に……!?」

私は恐る恐るノクスを見る。

「うっ……」

ノクスの眼光に私は一歩後ろに下がった。

「そ、それならリリスも一緒に……」

「ダメよ。椅子は二つしかないもの。私がここにいてはノクス様が座れないわ」

「でも……」

「それじゃあね、セレナ」

私の引き留めも虚しく、リリスは個室から出て行った。

そうして、個室の中には私とノクスの二人きりになった。

「……」

ノクスは椅子に座り、無言で腕を組んでいる。

（は、話って何……⁉）

私はとびきり緊張していた。ばくんばくんと心臓が鳴っている。ノクスとはパーティーで何度か挨拶をしたことはあるが、こうして二人きりで、しかも私に何か話がある、という状況は初めてだった。

そこで私は対面に座るノクスに緊張しつつも、さっきのお礼を言わなければならないことを思い出した。

「その、ノクス殿下。先ほどは助けて頂いてありがとうございました」

「気にするな。たまたま通りかかったら馬鹿が騒いでいたから解決しただけだ」

ノクスは自分のしたことは当然だ、とでも言わんばかりに全く気にしていない様子で肩をすくめた。

「いえ、そうもいきません。ノクス様がいて下さったおかげで私は助けて頂けたんですから、何かお礼をさせて下さい」

「お礼か、ふむ……」

ノクスは顎に手を当てて少し考える。

そして顔を上げた。

「それなら、今日の話とも被るんだが、お礼の代わりに一つ頼みたいことがある」

「頼みたいこと、ですか……」


「単刀直入に言おう。俺と婚約する気はないか」

「…………………はい？」


私はたっぷりと沈黙して、ノクスの言葉を噛み締めた後、それでもやっぱり信じられずにノクスに再度質問した。

「俺と婚約するつもりはないか、と聞いたんだ」

「……やっぱり聞き間違いじゃなかった」

どうやら本当にノクスは私に婚約を申し込んだらしい。

（第二王子から婚約を申し込まれるって、何が起こってるの……⁉）

私は一体何が起こっているのかと頭を抱えた。

なぜノクスが私に婚約を申し込んでくるのかが分からない。

「私、自分のことは常日頃から可愛いと思ってたけど、ノクス様の心を射止めるほど可愛かったとは……」

「待て。何を勘違いしているのかは知らんが、これは偽装婚約だ」

「…………偽装婚約？」

たっぷりと十秒ほど使って、ノクスの言葉を噛み砕いた。

「俺とお前で婚約するフリをする、ということだ」

「その…………なぜ私に婚約の話を？」

「まず、俺が婚約していないのは知っているな」

「はい」

ノクスは第二王子という立場でありながら、今まで誰とも婚約したことがない。

それはノクスが女性嫌いだから、だとかいろんな噂が存在している。

「俺が婚約しない理由は俺に相応しい婚約者がいないからだ」

「はあ……」

「俺の容姿と、第二王子という立場上、婚約したくないと言っても、どうしても婚約者の立場をあの手この手で狙ってくる女がいる。例えば、シュガーブルームとかな。俺はあんなふうに媚《こび》を売ってくる奴には虫唾《むしず》が走るんだ」

「ああ、なるほど……」

私は納得する。確かにマリベルは婚約者に相応しいとは言えないし、その他の媚を売ってくる女性もノクスにとっては婚約者として相応しくないという判断なのだろう。

と、そこで私は一つ疑問を抱く。

「その、意外でした。噂ではノクス様とマリベル様は仲がよろしいとのことだったので、てっきりマリベル様と婚約するのかと……」

「俺とアイツの仲が良い？　そんな根も葉もない噂がどこから出てきたのかは知らんが、事実は全く逆だぞ。俺はアイツが大嫌いだ」

「それは、すごく同感です」

思わず私はノクスの言葉を力強く肯定してしまった。

「っく、正直すぎないか？」

「あっ……」

するとノクスは笑みを漏らした。

私は内心で驚いていた。今まで冷たい人だと思っていたノクスが笑ったことに。

「安心しろ、他言無用にしておく」

「ありがとうございます……」

「さて、話を戻すが、俺は誰とも婚約するつもりはない。だが、令嬢が年々俺の婚約者の座を奪おうとする動きが激しくなってな。特にシュガーブルームは酷い。あんな媚《こ》びへつらった笑顔を浮かべて、猫撫で声で迫られて、挙げ句の果てにはアヒル口なんだぞ。流石にもうゴメンだ」

「うわぁ……」

私はそのマリベルに迫られている場面を想像し、ノクスに同情してしまった。

「だから、私と偽装婚約を？」

「ああ。流石にあれを相手にするのはもう疲れた」

「ノクス様が偽装婚約をする理由は分かりましたけど、でも、なんで私なんか……」

私は俯いて拳を握る。

昔は容姿だって悪くなかったし、今だってそれなりには自信があるものの、それでもエリオットの心を繋ぎ止めることができなかった私は本当に相手として相応しいのだろうか。いくら今は婚約者がいないからといって、私はノクスに婚約を申し込まれるような女性だと、どうしても信じることができなかった。

そう思っていたが——

「何を言っている。お前以上の適任はいないだろう」

「えっ」

私はノクスの言葉に驚いた。

「まず、成績優秀だ。試験ではいつも上位だろう」

「ノクス様には敵いませんけど……」

なんせ、ノクスは試験は毎回一位を取っているのだ。確かに私は人よりも良い点数を取っているが、ノクスと比べると見劣りしてしまう。

「俺はいい。俺が一位なのは当然だ」

さらっとそんなことを言いつつ、ノクスは話を戻す。

「それに不貞行為をされていても耐え続けて、決して婚約者を貶《おとし》めない忍耐力。最後にうまく隠しているみたいだが、お前、仮面をかぶっているだろ？」

「うっ……」

流石に何度もノクスには私の本性とも言えるところを見せてしまったので、言い逃れはできない。

私は性格が、少しだけ、悪いと言える。

「俺はその性格が気に入った。バッサリとした性格だが、それも悪くない」

「っ！」

私は赤面する。そこまで私のことを肯定されて、ときめかなかったと言えば嘘になる。

最後に、ノクスはダメ押しで条件を上乗せしてくる。

「今、契約すれば多めの契約金が付いてくるぞ」

「うっ……！」

ぐらり、と私の心が揺れる音がした。

お金。私が一番好きなものの一つ。

エリオットから多額の慰謝料が入ってくるとはいえ、お金はあるに越したことはない。

でも、私はお金で釣られたりなんかは……

「それに、俺という顔が良い男を婚約者にすることができる」

「くっ……！」

ノクスの言葉はとても魅力的だった。最後の一文が特に心惹かれた部分だった。

乙女たるもの、一度は絶世のイケメン婚約者を隣で侍らせてみたい……！

「さあ、どうする」

ノクスが私に迫ってくる。

そして私の出した答えは……

第三章　婚約破棄のあとは、偽装婚約？

「リリス！　これはどういうことか説明して！」

ノクスとの話が終わって、戻ってきたリリスに私は問い詰めた。

リリスは涼しい顔で紅茶を飲む。

「何って、ノクス様からセレナと二人きりで話をする場を設けてほしいって言われたんだもの。用意して差し上げただけよ」

「でも、リリスはノクス様が私に偽装婚約を申し込むって知ってたんでしょ？」

「そうね。それが何か？」

リリスは清々しいくらい取り繕うことはせずに、私の言葉に頷いた。

「くっ……！　開き直ってる……！」

「それにしても、意外だったわ。まさかノクス様との婚約を一旦保留にするなんて」

そしてリリスは意外そうな表情で私にそう言った。

そう、私はノクスの婚約の申し込みを一旦保留してもらうことにした。

「どうして保留なんかしたの？　万一婚約を解消してもノクス様ならしっかりとその後の面倒を見てくれるでしょうし、ノクス様との婚約はメリットしかないと思うのだけれど」

「それは……」

私は言葉に詰まってしまう。

保留にした理由を言葉にするのは、少し難しかった。

「もしかして、まだエリオット様に未練が……？」

「ち、違う！　それはないよ！　絶対に！」

リリスに変な勘違いをされかけたので、私は慌てて否定する。

私は決してエリオットに未練がある訳ではない。それは本当だ。

「ちょっと、まだ心の整理をする時間が欲しいの……」

私はリリスに婚約の話を保留した理由を告げた。

「そっか、まだ婚約がなくなってから少ししか経ってないものね」

「うん、最後はこんな感じになっちゃったけど、八年間ずっと婚約してきたのは間違いないから。

もう少しだけ、心を整理する時間が欲しいの」

人生の半分、エリオットと婚約していた私は当然将来はエリオットと結婚すると思っていた。

しかしそれが急になくなって、次の婚約を考えることができない、というのが私の本心だった。

まだ少しの間は、心を整理する時間が欲しかった。

リリスは急に申し訳なさそうな表情になって私に謝ってきた。

「セレナ、ごめんなさい。私は貴女の気持ちも考えずに……」

「ううん、別になんとも思ってないよ。それより、私のことを考えてくれて嬉しい」

リリスが私のことを考えてくれているのは分かっている。リリスの言う通り、いつまでも終わった婚約のことでウジウジと悩んでいる暇はないのだ。それに、どちらにせよリリスは自分よりも身分の高い王族に持ちかけられた以上、この話を断ることなんてできなかったと思う。

「ていうか、リリス。ノクス様って、あんな感じだったっけ？」

「あんな感じって？」

「なんというか、いつもと比べて雰囲気が優しいというか、どこか表情が柔らかいというか……」

「ああ、それは……いえ」

リリスは何かを言おうとして、やめた。

「あの方は一度懐《ふところ》に入れた人には優しいのよ」

「でも、いつもはあんなに近寄るなってオーラを出してるのに……」

「それは確かに元々の性格もあるんでしょうけど、ああしていないと際限なく令嬢が近づいてくるから人を寄せ付けないようにしているんじゃないかしら」

「そっか……」

いつものあの冷たい表情が仮面で、さっきまでのが本当のノクスなら、きっと婚約してもエリオットとは違って上手くやれるんだろうな、と私は思った。

そして家へと帰宅したあと。

「なんか、今日はどっと疲れた……」

しかし両親には今日あったことは報告しなければならない。少なくともマリベルのこととエリオットのことは。特にマリベルの言動に関しては、完全にシュガーブルーム家によるハートフィールド家への宣戦布告をされたようなものだ。

父の書斎に行くと、ちょうどお父様とお母様がいた。

「あら、どうしたのセレナ。とても疲れているじゃない」

「学園で何かあったのか」

お母様とお父様は私の様子を見て学園で何かあったことを察したらしい。

「はい、実は……」

私がマリベルに学園で言われた言葉を伝えると、お父様とお母様はとても怒った。

「なんだと⁉　我々ハートフィールド家をそこまで侮るとは……いくら公爵家といえども許せん！」

「ええ、厳重に抗議を行うべきね」

お父様は烈火の如く、お母様は冷静ながらもしっかりと怒っていた。

「すぐにシュガーブルーム公爵には手紙を送って、申し開きを聞く」

「ええ、それがいいでしょう」

シュガーブルーム公爵家に関する話が終わると、私はもう一つ大事な話を伝えようとした。

「それと……」

私はまだ伝えねばならないことが残っていた。

ノクスからの偽装婚約の件についてだ。婚約を結ぶ以上、絶対にお父様とお母様には話を通しておかなければならない。だから事情を話すべきなのだが……

私はまだ婚約するかどうかは迷っている段階だ。だからこそ両親に今婚約のことを伝えると、絶対に婚約しなければならないような気がして、気後れしていた。

（でもこれは報告する以外の選択肢はないし……はぁ、憂鬱《ゆううつ》だ）

そうして私が口を開いた時。

「まさかエリオットがまた何かやったのか？」

「え？　あ、はいそうです。実は……」

本当はノクスのことを伝えようとしていたのだが、タイミングが良いのか悪いのかエリオットのことだと勘違いしてくれた。エリオットのことを報告しなければならなかったのは確かなので、私はお父様とお母様にエリオットが婚約破棄の件をパーティーの日にマリベルへと漏らしていたことを報告した。

お父様とお母様は頭痛がするのか天井を見上げたり、こめかみを押さえたりしていた。

「まさか、エリオットが婚約破棄の件を漏らすほどバカだったとは……！」

お父様の口が若干汚くなるが、それも致し方ないほどのことをエリオットはやってのけたのだ。婚約関係を他家に漏らすなどお互いの信頼に大きなヒビを入れることになる。元々マリベルの件で両家の関係には大きなヒビが入っていたのだが、それとこれとは話は別だ。

「しかもセレナと別れたあと、あの公爵家の娘の下へと戻っていただと……!?　一体どこまで私の娘を馬鹿にしていたんだ！」

「報復としてこちらがこの件を公開する手もあるわね」

お母様はエリオットに呆れたのかため息をついていた。

「ああ。どちらにせよ、厳重に抗議しよう」

その時だった。

「た、大変です！」

メイドが部屋の中に慌てた様子で入ってきた。

「どうした、何があった」

「だ、第二王子殿下が面会したいと……！」

「なんだと!?」

＊＊＊

「ノクス様が当家にやってきただと!?　先触れはなかったのか？」

「はい、ありませんでした！」

王族が訪問する場合、貴族の家にはもてなすための準備が必要なので大抵数日前には連絡が入る。どうしても緊急の場合は先触れが出るのだが、それすらも今回はなかったようだ。

つまりノクスは電撃訪問をしてきたことになる。

「王族の方がなぜ突然お越しに……？　我々が何かしたとは思えんが……」

「私の方も思い当たるところはないわ。一体ノクス様は何を……」

お父様とお母様がノクスがやってきた理由を考えている傍らで、私は冷や汗をかいていた。

ノクスが訪ねてくる理由など一つしかない。

今日、ノクスに偽装婚約を提案されたことだ。

「とりあえず王族の方を待たせる訳にはいかん。すぐにノクス様の下へと向かうぞ」

「ええ、そうですね。セレナ、どうしたの」

「は、はい！　いえ、大丈夫です……！」

お母様に名前を呼ばれて正気に戻った私は、お母様とお父様の背中についてノクスの下へと向かった。

ノクスは昨日エリオットたちが通された応接室へと案内されていた。ソファに座ったノクスは、紅茶を手に取って飲む。それだけでまるで一枚の絵画のように画になった。ノクスの仕草は見惚《みと》れるように綺麗だった。

私と両親はサンダーソン侯爵家を迎えた時と同じようにソファに並んで座っている。

前回と違うのは、冷や汗を流しているのがこちらだということだ。

「そ、それでノクス様。一体今日はどのような御用でいらっしゃったのでしょうか」

お父様がノクスがなぜやってきたのかという理由に切り込んだ。

「突然押しかけてきた非礼をお詫びする。どうしても今日報告させて頂きたいことがあったんだ」

「報告したい、ことですか」

ノクスの言葉にお父様は怪訝《けげん》そうに首を傾げる。

私はどきりと心臓が飛び跳ねそうになった。

「実を言うと、今日セレナ嬢に対して婚約を申し込ませて頂いた」

「えっ」

「はい？」

両親は素《す》っ頓狂《とんきょう》な声をあげた。

そしてしばらくしてから言葉の意味を噛み砕き、事態の大きさに驚愕した。

「ノクス様がセレナに婚約を⁉」

「あ、あなた！　一体これはどういう……⁉」

お父様もお母様も酷く困惑していた。

「本当なのかセレナ⁉」

「は、はい。報告が遅くなってしまって申し訳ありません。実は今日、ノクス様にぎ――」

「本当ならまず侯爵に話を通すべきだと理解していたが、気持ちが先走ってしまった。申し訳ない」

私が両親に偽装婚約のことを伝えようとすると、ノクスが私の言葉を遮った。

ノクスの方を見ると、ノクスは小さく首を横に振った。偽装婚約のことは秘密らしい。

「過ぎてしまったことは仕方がありませんが……」

お父様もお母様も納得したような雰囲気は出ていなかった。

婚約者を作らないことで有名なノクスがいきなり私を婚約者として選んだ理由が分からないのだろう。

私自身、まだ偽装とはいえ婚約を申し込まれたことを夢なんじゃないかと思っているくらいだ。

「どうして私の娘に婚約を……？」

お父様がノクスに質問する。

当然の疑問だろう。私はノクスの顔をちらりと見る。するとノクスは私を見て、フッと笑った。

「実を言うと、セレナ嬢には一目惚れだったんだ」

「一目惚れ!?」

私も危うく声が出そうになった。しかしすぐにこれはノクスの方便だということに気がついて我慢できた。

「今まで俺は婚約者を作ってこなかった。それは実を言うと、ずっとセレナ嬢に恋心を抱いていたからだ」

「一目惚れしたのはいつなのでしょう……」

「五年前だ」

「そ、そんなに前から!?」

「しかしセレナ嬢はその時にはすでに婚約者がいたから、俺は身を引かざるを得なかった。愛している女性が幸せなら、それで良いと思った。だが、今日になってセレナ嬢が婚約を破棄したという噂が耳に入った」

ノクスはまるで辛い記憶を思い出す時のように悲しそうな表情で、胸の前で拳を握りしめる。

「そこで、俺は婚約を申し込むしかないと思った。このチャンスを二度と逃す訳にはいかないと……！」

「ノクス様は何年も我らの娘を想っていて下さったのですね……！」

「そんなにセレナのことを愛して下さっているとは……！」

両親はノクスの言葉に感激しているようだった。

（いや、全部作り話なんだけどね……）

偽装婚約を申し込まれた身としてはノクスの本心を理解しているので、この話が本当だとは思わないが、確かにノクスの話す様は真に迫っていた。ノクスの言葉は本当なんじゃないかと少しドキッとしたくらいだ。

（ん？　いや、それよりもこれってもしかして……外堀埋められてない？）

私はそこでノクスが何をしようとしているのかに気がついた。両親はすでにノクスの言葉を信じて婚約にかなり乗り気に見える。そしてお父様は婚約を受けようとして……

「婚約はありがたくお受けさせて頂き——」

「いや、待ってほしい」

お父様はノクスに制止されて驚いていた。

「婚約は申し込んだが、セレナ嬢には保留にされているんだ」

「そんな、なぜ……」

両親は私を驚いた目で見る。

ノクスとの婚約を保留にする理由がないからだろう。

「俺は気持ちが逸《はや》るあまり何も考えずに婚約を申し込んでしまったが、セレナ嬢はまだ先日婚約を破棄したばかりだ。セレナ嬢も心の整理をする時間が欲しい、と言っていた。俺はセレナ嬢の気持ちを尊重したいと思う」

ノクスは真剣な表情でそう言った。

「確かに、その通りですね……。すまないセレナ、私はお前の気持ちをまるで考えていなかった」

「そうね。婚約するかどうかはセレナが好きに決めるといいわ」

「は、はい……」

私に謝ってくる両親に返事を返しながら、私は少し意外な気持ちを覚えていた。

ノクスが私の気持ちを尊重してくれたことだ。

普段の言動から、他者の気持ちなんて考えたことがないイメージだったが、意外にも私の気持ちは考えていてくれたらしい。

「そういう訳で、これからセレナ嬢と二人で話す時間を頂いても構わないだろうか」

「えっ」

「ええ、それはもちろん！」

お父様とお母様はノクスの言葉に一も二もなく頷いた。

＊＊＊

ノクスの二人きりで話がしたいという願いで、私とノクスは私の自室へとやってきた。

とはいえ、本当に二人きりという訳ではなく、私のメイドが部屋のすみに控えているのだが。

ティーテーブルには二人分の椅子と紅茶が用意されていて、紅茶からは湯気が出ていた。

昨日ベッドの上でそのまま寝てしまったために片付けるのを忘れていた本が気がかりだったが、使用人が綺麗に片づけてくれていたようだ。他に散らかったところはないかとチラチラと部屋の中を見渡すが、クローゼットもドレッサーも丁寧に整頓《せいとん》されていた。私は使用人に心から感謝した。

「ノクス様、なんでこんなに急に私の家にやってきたんですか……！」

私は窓際に立つノクスに屋敷へやってきた理由を尋ねた。するとノクスは肩をすくめて答えた。

「なぜって、婚約を支持する味方は多いに越したことはないだろう？」

「や、やっぱり外堀を埋めるためだったんですね……」

私はノクスを責める瞳で見つめた。

ノクスとの婚約はこれ以上ない良縁だし、あのノクスの話を聞いたら両親は強く推してくるだろう。

「いや、これは冗談だ。どちらにせよお前の両親には一度は話を通さなければならなかっただろう。当主を抜きにして婚約の話を進める訳にはいかないからな」

「それはそうですけど……」

偽装の婚約の話とはいえ、王族から貴族への婚約の打診なのだ。私の意思は別にして、両親にはノクスから婚約を申し込まれたことを報告しなければならなかったのは確かだった。だからノクスがいきなり屋敷にやってきて婚約のことを両親に伝えたとしても、ノクスが非難される筋合いはない。

「それと、婚約の話を受けるかどうかについては本当にお前の意思を尊重するつもりだ。嫌なら受けなくていいし、無理強《むりじ》いはしない。もし断る時は俺もお前の両親を説得すると約束しよう」

「そ、それはありがとうございます」

「俺としては早めに結論を出してもらえるとありがたいがな。最近シュガーブルームの強引さに拍車がかかってきて迷惑なんだ」

「はい……なるべく早く返事をするようにします」

「ああ、頼む」

そこで一息つく。

「それにしても、ノクス様のあの演技、まるで本当みたいでしたね」

「演技？」

ノクスが眉をピクリと動かす。

「あの作り話のことです。私には一目惚れで、ずっと告白するのは我慢してきたけど、もともとの婚約者がいなくなったから婚約することにしたっていう」

「ああ……それのことか」

私が説明するとノクスは納得した顔になる。

「私、ノクス様の表情が真に迫っていたので、まるで本当にノクス様が一目惚れしたんじゃないかって思ってしまいました。ノクス様は演技がお上手なんですね」

「……ああ、そうだな。演技には慣れている」

ノクスの返事は妙に歯切れが悪かった。

そこで、私はとあることに気がついた。

（ん？　なんだか私ノクス様と仲良く話してるけど、実はこれってもしかしてすごく不敬を働いてるんじゃ……!?）

なぜだかまるで心を開いている親しい間柄のようにノクスが話しかけてくるので、つい私も同じようにしてしまったが、ノクスは第二王子であり、私にはとても手が届かないような高みにいる存在なのだ。それなのにまるで友人みたいに話してしまっていた。

私は慌ててノクスに謝罪する。

「そ、その……申し訳ありません！」

　いきなり謝罪されたノクスは目をまん丸に見開いていた。

「いきなりどうした」

「私、とても失礼な態度を取ってしまいました……！」

「あ、ああ……別に構わない。俺もお前に馴れ馴れしい態度を取っていたしな」

　ノクスから許しが出たことに私は安堵の息を吐く。

「不思議だ。そんなつもりはなかったんだが、つい親しげに話しかけてしまった。案外似た者同士、通じるところがあるのかもしれないな」

　ノクスはそう言ってフッと笑った。

　ノクスの浮かべたその笑顔はとても優しく、普段の氷のような彼からは思いもよらない笑顔だった。

　心臓が少し跳ねる音がした。

「そ、そうですかね……」

　私の返事がしどろもどろになってしまったのもしょうがないだろう。

「お前も俺に対しては特に気を遣わなくてもいいぞ。なんなら敬語だって外したっていい。お前は特別に許す」

「いや、それはちょっと……」

　流石に第二王子に馴れ馴れしく話しかける勇気は私にはない。

私にできるのは頑張ってさっきみたいな距離感だ。

「俺は別に気にしないぞ。どうする、敬語を外すか、それともしばらくは今みたいな距離感でいるか？」

いつの間にか選択を迫られていた。

私が取れる選択肢は一つしかない。

「今みたいな感じでお願いします……」

「そう望むならそれでいいだろう」

（あれ？　これってもしかして選択肢を誘導された？）

私の頭に一瞬そんな考えがよぎったが、私はそんなことがある訳がない、と自分の考えを否定した。だって、そうなるとノクスが私に親しげに話すように誘導した、ということになる。しかし、ノクスがそんなことをする意味がないので、やはり気のせいだろう。

それよりも私はノクスに対して質問しなければならないことがあった。

婚約のことについてだ。

「あの、婚約のことでいくつか質問があるんですけど、いいですか？」

あの場では一旦保留にしたが、あの時の私はかなり動揺していて、きかねばならないことを忘れていた。

「ああ、いくらでもきいてくれ」

「まず、婚約の期間はどれくらいですか」

私の質問にノクスが吹き出す。

「ふっ、何をきかれるのかと思ったが、えらく事務的な質問だな」

「で、でも重要じゃないですか……」

「ああ、ちょっとした冗談だ。俺もそれを説明するのを忘れていた。そうだな……ひとまずは一年間だな。婚約期間中にどちらかに好きな奴ができたら、相談の上婚約を円満に解消する。これでどうだ」

「婚約を解消したあとはどうするのでしょう」

「それはもちろん俺も考えている。こちらから婚約を頼んだ以上、ちゃんとあとの面倒は見るつもりだ。偽装婚約が終われば俺が責任を持ってお前へ良縁を見つけてくる。好きな奴ができて婚約を解消する場合も俺に問題があったとして婚約は解消することにする」

「なるほど……それなら私も安心です」

結構しっかりとしたケアがついていることに私は安心した。

好きな人のくだりについては、恐らく私よりも先にノクスの方が好きな人を見つけるから、私の方から婚約の解消を持ちかけることはないだろうが。

もう一つノクスに質問する。

「その……私は今婚約を解消したばかりで、すぐに婚約してしまうと悪評が流れてしまう可能性が……」

「それについても対策はしてある。さっき話した俺が元々お前に想いを寄せていて、婚約を解消した途端に婚約を申し込んだ、というのをそのまま発表する」

「でもそれだとノクス様が……」

「俺は別に構わない。元より婚約を申し込んだ立場だ。俺にいらぬ噂を集めるのは当然だ」

ノクスはなんてことのないふうにそう言った。

やはり、どう考えてもノクスとの婚約を断る理由はない。

ただ……

「もう少し、考える時間を頂いても良いですか……」

「ああ、分かった」

私のお願いにさして気を悪くしたふうもなく、ノクスは頷いた。

私はもう少しだけ、時間が欲しかった。自分の心に決着をつけるために。

「今日は急に邪魔してすまなかったな」

ノクスは椅子から立ち上がる。そして馬車に乗って、王宮へと帰っていった。

＊＊＊

ノクスが帰宅したあと、自室で本を読みながら私は色々と考えていた。

（ノクス様との婚約。私は大きく婚約をする、という方に傾いている）

実を言うと、ノクスとの婚約を保留する際に「心を一旦整理する時間が欲しい」と言ったのは、半分程度方便だ。もちろん心を整理する時間自体は欲しいが、前から「このままだとエリオットと婚約を破棄することになる」というのは分かっていたので、大方自分の心には決着がついている。

婚約を迷っているのは別の理由だ。

私には思惑があった。

（エリオット様を見返して、婚約を破棄する原因になったマリベル様が悔しがる顔が見たい……！）

私の思惑はそんなものだった。

私に魅力が足りないと言ったエリオットに、エリオットよりも魅力的な男性と婚約しているところを見せて見返すのはさぞ気持ちが良いだろう。

それにマリベルは確実にノクスに好意を寄せている。私とエリオットの関係を破綻《はたん》させる原因になったマリベルに一泡吹かせたいというのは、学園に入学してから、散々マリベルに頭を悩まされてきた当事者にとっては当然の感情と言えるだろう。

性格が悪いのは分かっている。ただ、「復讐したい」という気持ちに嘘をつけないのも確かだ。

それにノクスを巻き込んでもいいものか……

ノクスも私を利用しようとしているのでノクスに対して引け目を感じる必要はないのだが、感じるものは感じてしまう。これが私が婚約するかどうかを迷っている理由だった。

でも、それでもやっぱり婚約に心が傾いてる。

その一番の理由はきっと——

（ノクス様がこんなに話しやすい人物だなんて、考えたこともなかった……）

正直なところ、ノクスと話していてとても楽しいと思う。

ノクスの言う通り私と性格が近いせいか、共感するところがいくつもあって、本音で話しやすい。たとえ偽装の婚約とはいえ、この人と婚約すれば愉《たの》しく暮らせるだろう、という気持ちがあった。

（ノクス様との婚約を受けよう）

パタン、と本を閉じる。

私はそう決意した。

両親に婚約を受けようと思う、という趣《しゅ》旨《し》の報告をすると、とても喜んでくれた。それは王族と婚約することが喜ばしい、というより、手酷く傷つけられた娘が立ち直って新しい一歩を踏み出した、ということが喜ばしいようだった。私はつくづく恵まれた両親の下に生まれてきたのだと実感した。

早速、翌日学園に登校すると、生徒会の個室サロンを借りて、ノクスに婚約の話を受けることを報告した。

「ノクス様、私、婚約の話をお受けしようと思います」

「本当か？」

　私が婚約を受けると言った途端、ノクスは意外そうな目で私を見た。

　昨日は私が婚約することを疑いもしないような顔だったのに、実は内心では心配していたのだろうか。

「はい、実はまず初めに白状させて頂きたいのですが……」

「なんだ」

「私は、エリオット様とマリベル様に復讐したいと思っています。そのために今回の婚約の話をお受けさせて頂きたいと思っています」

「つまり、お前はこの婚約を利用して、二人に一泡吹かせてやりたいと？」

　怒られるかな、と思った。王族を利用しようなんて、不敬も甚《はなは》だしい話だ。それでもノクスに白状したのは私の負い目をなくして、気持ち良く婚約をするためだ。

　だから私は黙ってノクスがどう言うのかを待っていた。

「――良いだろう。元より俺もお前を利用させてもらう身だ。お前も俺を十分に利用してくれ」

　ノクスはにっと笑って手を差し出してきた。

　握手、ということだろう。

　私もにっと笑ってその手を取った。

　婚約が決まるやいなや、早速ノクスが契約の紙を取り出した。この婚約に関する詳細な条件が記載されており、合意ならばサインするようになっている。

「一応契約の紙は持ってきているが……サインできるか？」

「はい、両親にはもう許可は取りましたから」

「話が早いな。なら、条件の確認だ」

一、ノクス・レイヴンクロフトとセレナ・ハートフィールドは婚約関係となる。
二、両者は契約期間中、婚約者として振る舞う。
三、ノクス・レイヴンクロフトは報酬として、セレナ・ハートフィールドに一ヶ月ごとに報酬として金銭などを支払うこととする。
四、ノクス・レイヴンクロフトはセレナ・ハートフィールドの世間での評価が悪くならないよう最大限配慮する義務がある。
五、婚約に際してかかった費用は全てノクス・レイヴンクロフトが負うこととする。
六、婚約を解消する場合、話し合いの末、両者の合意に基づいて婚約を解消するものとする。

ノクスから提示された契約書の内容はざっくり説明するとこんなところだった。

書かれている文言はかなり私に有利な内容だと言えるだろう。

「用意がいいんですね。こんな契約書を用意しているなんて」

「善は急げだ」

ノクスは肩をすくめた。

私は一つ質問する。

「婚約の発表はいつ行うのでしょう」

「一ヶ月後に開く王家主催のパーティーで婚約を発表するつもりだ。すぐに婚約を発表してしまってはいらぬ噂を流されるかもしれないしな」

　俺としてはすぐに発表したいんだがな、とノクスは呟く。

　すぐに発表しないのは私の世間からの評判に配慮してのことなのだろう。

「それまではシュガーブルーム家の押しに耐えなければならないが、どうにかなるだろう」

「そんなに押しが強いんですか？」

「ああ、親子揃って昔から娘と婚約しろ、とそれの一点張りだ。最近は特に露骨《ろこつ》でな。隙があればすぐに二人きりにしようとしてくる。王家と深い繋がりを持って利益を得たいのが見え見えだ」

　ノクスはそこで一旦話を区切り、話題を元の婚約の発表についてに戻す。

「それで、だ。俺としては今から徐々に俺がお前に恋心を抱いていた、と噂を広めていこうと思うんだが、どう思う？」

「うーん……。それは待って頂けませんか？」

「どうしてだ」

「その方がエリオット様とマリベル様に大きな衝撃を与えられるかと……」

「ハハッ！　そのためだけに俺にシュガーブルーム家の押しに耐えろと？　なかなか良い性格をしているな」

ノクスは高笑いを上げる。

今度こそ怒られるんじゃないかと私は内心でビクビクしていた。

「いいだろう。気に入った！　実を言うと俺もシュガーブルーム家の悔しがる顔を見てみたい。散々娘と結婚しろと言われてきた俺が別の家との婚約を発表したらさぞ悔しがるだろう」

しかし私の予想とは反対に、ノクスはかなりノリノリだった。やはりノクスも長年悩まされてきたシュガーブルーム家にはそれなりの恨みがあるらしい。

「他に気になることはあるか？」

「いえ、ありません」

私は首を横に振る。

「いいだろう。そこにサインをしてくれ。それで契約は完了だ」

「はい」

私は契約書にサインをした。

「これで俺たちは今日から婚約関係だ」

「偽装の、ですけどね」

「お互い、協力して憎い相手に復讐してやろう」

ノクスはニヤリとまるで今からイタズラする子供のような笑みを浮かべる。

そうして、私とノクスは期間限定の婚約関係を結んだのだった。

第四章　初めてのデート

今日は週末なので、学園は休みだ。

学生にとっては日々の疲れを癒す日でもあり――私にとっては日頃溜まったストレスを解消する日でもある。

「……よし、スイーツ巡りに行こう」

自室で本を読んでいた私はそう思い立った。

私には密かな趣味として、王都中のスイーツを食べて回る趣味がある。

元々甘いものが好きだったのと、元婚約者のエリオットがマリベルに恋をしてからというものずっと彼らにストレスを与え続けられていたため、ストレス解消のために暴飲暴食を働いたのが始まりだった。もちろん甘味の暴飲暴食は乙女にとって色々とまずいので自制しなければ、と思っているのだが、ストレス元からのストレスの供給が止まらないのでそれも虚しく、最近は頻度が上がってきていた。

この数日間は今までの中でも特にストレスがあった。しかも特大の。

好物であるスイーツを食べて巡らないとこのストレスは解消できないはずだ。

「まぁ、ストレスと言っても、悪いことばかりじゃないけれど……」

私は三日前、第二王子であるノクスと婚約した。そして婚約の発表を一ヶ月後に控えている。つまりはこれからは婚約発表のパーティーに向けて色々と準備をしなければならないということだ。

私は必要な準備に思いを馳せて……とても現実逃避がしたくなった。

そのため現実逃避であるスイーツ巡りをしようということだ。

「どこの店を回ろうかな……」

そう言って私は本を開いた。

この本は王都中のスイーツが網羅されている本で、どんなにマニアックな店でも詳細な説明と共に記載されているという優れたガイドブックだ。しかも、なんとこの本は新しい店の情報を更新するために三ヶ月に一度の頻度で新刊が出る。そのため、スイーツ巡りが趣味の私にとってはとても重宝しているシリーズの本だった。

その本で巡る店とルートを大体決めると、外に出る用の服装に着替えることにした。

メイドを呼んで着替えさせてもらう。

貴族らしいゴテゴテした服装だと色々と疲れるので、服装は貴族のお忍びといった服装だ。

シンプルな白のワンピースに、ひとまとめに束ねて肩からかけた髪。

メイクはメイドにしてもらっているのだが、いつもの地味メイクはやめて、スイーツ巡りの時用の自然なメイクへ変えてもらった。スイーツ巡りをする時に毎回メイクを変えていたのは、地味メイクが本来の容姿だと思い込まないようにするためと、私の正体を隠すためだ。スイーツを爆食いする姿を見られるのは乙女としては色々と避けたいところでもある。

メイクが施された私は鏡を見る。今日も私は可愛い。

「ふふ、今日も素晴らしいです」

「やっぱり地味にするなんてもったいないないですね」

メイクを施してくれたメイドたちが、私の顔を見て自分の仕事ぶりに満足そうに頷く。

「ありがとう。もう地味なメイクはしなくてもいいから、やめることにするわ。今までわざと腕が悪いと思われるような指示をしてごめんなさいね」

私はずっと自分たちの腕の評判に差し障るにもかかわらず、地味メイクを施していてくれたメイドたちに謝る。

ちゃんと化粧を学んできたメイドたちに、わざと地味なメイクをさせるのは私としても申し訳ないとずっと思っていた。

だが、私に地味でいるように言っていたエリオットとの婚約は無効になったので、わざと地味でいる必要はない。

「本当ですか⁉」

「もう地味にしなくてもいいんですか⁉」

私がそう言った瞬間、メイドたちは食いついた。

私は少し仰《の》け反《ぞ》りながらも頷く。

「え、ええ。今度から学園に通う時は、今日みたいな自然なメイクで登校するつもりだけど――」

「それならこうしてはいられません！」

「このメイクはやり直します！」

「えっ？　いやもうメイクは完成してるんだから、別に――」

私はこのままでいいと言ったのだが、メイドたちは私の話を聞いていなかった。

「そんなことをおっしゃらないで下さい！　久々に！　久々に本気でやれるんです！」

あ、これは反論したら面倒臭そう……

そう判断した私は、今まで彼女たちに我慢を強いていたのは私のせいでもあるので、メイドたちのされるがままに身を委ねた。

そして少しして。

出来上がったのは、そこそこ、いやかなり可愛いと言える美少女だった。

顔の整った両親から受け継いだ容姿は、メイドたちの久々に鬱憤《うっぷん》を晴らすようにこれでもかと趣向を凝らされたメイクによって、美少女と言ってもおかしくない姿に変わった。

「いや、これもう別人……」

鏡を覗き込んだ私はそう呟いた。

鏡に映る私は自分ですら別人と思うほどに変わっており、親友であるリリスでも一目見て私と

気づくかどうか怪しいレベルだった。

「いえ、そんなことはございません。セレナ様の素晴らしい元の容姿があってこそですよ」

「そうです！　今までは素材の良さを殺すような化粧をしてきましたが、今回はその逆で、素材の良さを最大限に活かす化粧です。つまり、これはセレナ様ご自身の美しさなのです」

久々に本気で化粧ができたメイドたちは満足そうにしていたので良かったのだが。

これなら本来の正体を隠すという目的も果たせているし、メイクが崩れないように気をつけてスイーツを食べなければならない点を除けば特に問題はない。

そして私はその化粧のままスイーツ巡りの旅に出かけた。

＊＊＊

馬車に揺られることしばらく、一番最初の目当ての店にやってきた。

「モンブラン～。モンブラン～」

私は上機嫌に鼻歌を歌いながら馬車から降りる。

スイーツ巡りをする時は一人の時間を過ごしたいのでそばには誰もいない。と言っても遠くから護衛が見守っているのだが。

店の扉に手をかけようとした時。

「ん？　セレナか？」

「え？　……ノクス様？」

声の方向を振り返ると、そこにはノクスが立っていた。

「ノクス様、なんでこんなところに……」

いや、確かにノクスがこんなところまでお忍びでやってきているのも驚きなのだがそれよりも
――

「て、ていうかなんで私だと……!?」

ノクスが私を一目見て認識したことが、私にとっては一番大きな驚きだった。

私は今、親友ですら別人だと思うような化粧を施されているはずだ。それなのに私を一目見てセレナ・ハートフィールドだと認識したノクスにはとても驚いた。

「…………まあ、見れば分かる」

ノクスは私から目を逸らしてそう答えた。

私はいつと違う様子のノクスにピンときた。

今の私は以前の地味メイクをしていた私と違って、メイドたちの助けでとびきり可愛くなっている。

ノクスの顔を覗き込みながら質問してみた。

「……もしかして、私が可愛いから照れてますか？」

「いや、お前。自分で言うのかよ……」

ノクスがゲンナリした顔で肩を落としていた。

私はノクスを観察するが特に頬が赤かったり、挙動不審な様子はない。

私の予想とは違ったようだ。ちょっとだけ恥ずかしい。

「それで、今日は何をしてるんだ」

ノクスは少しため息をつきながら私に質問してきた。

「今日はスト………その、少しカフェ巡りをしようかと」

正直に「ストレス発散にスイーツを爆食いしようとしていました」と答えようとしてやめた。

危なかった。

ノクスはカフェ巡りで納得したようで、頷いていた。

「なるほどな」

「ノクス様はどんなご用事で？」

「いや、特に用事という訳ではない」

「ではどうして王都を？」

「民衆の生活を見るのが習慣なんだ」

「生活を見るのがですか？」

「ああ、報告書や数字の上で民衆がどんな生活を送っているのかはある程度分かるが、こうして実際に自分の目で見てみないと実態を理解することはできないからな。逆に、少し歩けば政策が上手くいっていたのかだとか、改善点がすぐに見つかる」

「そのために民衆の生活を見ていると？」

「ああ、その通りだ」

「それは何というか……すごいですね」

私は素直に感心した。平民に混じってまで生活を見ようとする人間は貴族にだってそうそういないだろう。

「王族としてこれくらいは当然だ」

ノクスはなんてことはないように肩をすくめる。

（ノクス様って、実はすごく責任感が強い人なのかもしれない……）

私はノクスの新たな一面を知って、また少しだけノクスという人物を理解できたような気がした。

「それで、今はカフェ巡りをしているんだったか？」

「え？　はい、そうですね……」

「じゃあ、俺とデートしないか？」

「へっ」

予想だにしない言葉に思わず変な声が出た。

「デートって、でも、ええ……？」

「俺たちは婚約者なんだ、別に変なことじゃないだろう」

いや、確かにそうなのだが。

今日は私のストレス発散に来たので……

流石にノクスに私がモンブランを三個食べるところは見せたくない。それにこのあとはあと何軒か店を回るつもりなのだ。それに付き合わせたら確実にノクスに大食女だと思われてしまう。申し訳ないが、ここはお引き取り願おう。

「で、でも今日はプライベートな日なので……」

私がそうノクスの申し出を断ると、ノクスは残念そうな顔でため息をついた。

「そうか、それは残念だ。デートなら、代金は全部俺持ちなんだがな」

「さ、早く入りましょう。スイーツが私を呼んでいます」

私はノクスの手を掴むと、颯爽《さっそう》と目的のカフェへと向かった。

「現金なやつだ……」

後ろからノクスの呆れた声が聞こえてきたが、私の頭の中はもうこのカフェ特製の『スペシャルゴールドフルーツパフェ』に向いていたので気にならなかった。

どうやら金箔《きんぱく》が豪華に使われ、フルーツは全て最高級品が使われているという素晴らしいパフェなのだが、何せ値段が張る。今までは見送っていたのが、経費で全て落ちるというのなら食べない手はない。

そして私とノクスは店の中に入った。

入った瞬間、とても視線を感じたが隣にノクスがいるのでしょうがないと思い直し、私とノクスは椅子へと座る。シックな内装で落ち着いた雰囲気の店内には平民の、特に女性の客が多かった。私と同じようにガイドブックを見て来たのだろうか。幸いと言うべきか、ノクスが第二王子だということはバレてはいないのか、大きな騒ぎにはなっていなかった。

私は上機嫌にメニューを見ながら、ノクスに何を食べるのかを質問する。

「ノクス様は何を召し上がられますか？」

「俺はコーヒーだけでいい」

ノクスがそう言ったので私は店員に件《くだん》の『スペシャルゴールドフルーツパフェ』とカフェオレ、そしてブラックのコーヒーを頼んだ。

しばらくするとパフェと飲み物がそれぞれ運ばれてきた。

パフェがキラキラと光って見える。

私は感激しながらパフェに手をつける。

「お、美味しい……！」

流石は高級フルーツをふんだんに使っているだけあって、甘さもくどくなく上品で、カフェオレによく合う味だった。

そして私がしばらくパフェを堪能《たんのう》していると……

ノクスがコーヒーを飲みながら私を見ていることに気づいた。私はパフェからひと匙《さじ》すくうと、手を添えてノクスに差し出した。

「はい、どうぞノクス様」

「……ん？」

ノクスは片眉を上げて固まった。まるで私が予想外の行動をとって、どう反応したらいいのか分からないみたいな表情だ。私は首を傾げる。

「あれ、パフェを一口欲しいってことじゃなかったんですか？」

「いや……ただ美味そうに食うな、と見ていただけで……」

「あっ……そうなんですか……」

気まずくなった私は差し出したスプーンを戻そうと……しなかった。

逆にノクスに向けてさらに差し出す。

「それはそれとして、どうぞノクス様」

「いや、今のは手を引っ込めるところだろ」

「自分で言うのもなんですが、私は今すごく可愛いんです。そんな私が差し出したパフェを食べないなんて、そんなことがありますか」

この時、私は少々気が大きくなっていた。いつもなら事実とはいえこんな自慢に聞こえるようなことは言わないのだが、エリオットから解放された今、私は解放感で気分が上がっていたのだ。

「前々から思ってたが……お前結構ナルシストなんじゃないか？」

「ちゃんと人様には見せないようにしてるから良いんです。それで、どうするんですか、食べますか、食べないんですか」

「……」

ノクスは少し目を細めてスプーンと私を交互に見ると、無言でそのままパフェを食べた。

「………甘すぎる」

ノクスはそう呟いてそっぽを向くと、コーヒーを口に含んだ。

「そんなに甘くはなかったと思いますけど……」

私はパフェをもうひとすくいして、口に含む。

うん、やっぱり甘すぎない上品な味だ。

少しパフェを食べるかどうか迷っていたあたり、もしかしてノクスは甘いものが苦手なのだろうか。

「もしかしてノクス様って甘いものが苦手なんでしょうか」

「どうしてそうなる……俺は別に甘いものは苦手ではない」

「じゃあなんで……」

そう尋ねようとすると、ノクスは顔を明後日の方向に向けた。

……もしかして、照れているのだろうか？

「それよりも、このあとは少し付き合え」

「えっ……」

一瞬戸惑ったが、改めて考えてみればノクスの言っていることは別におかしくない。

私はこのままノクスと一緒にカフェ巡りをするつもりだったが、そういえば今はノクスとデートをしていた。私が行きたいところばかりに行く訳にはいかないだろう。

しょうがなく私はノクスに行き先を尋ねる。

「何しに行くんですか」

「何って……ドレスを選びにだ」

ノクスはさも当然のようにそう言った。

＊＊＊

そしてパフェを食べ終わると、私とノクスは移動してドレスを選びにやってきていた。

「ここは……」

「来たことがあるのか？」

「はい、少し前に…………って、ここ超有名店じゃないですか！」

私とノクスの目の前にあるのは王都の中でも特に有名な服飾店だった。

王室御用達と名高い服飾店で有名なデザイナーを何人も抱えており、王室だけでなく他の貴族もよく利用している店だ。

かくいう私も一度ここでドレスを作ってもらったことがある。

エリオットとの婚約を発表するパーティーを開いた時なので、もう八年以上前のことになるが。

「ここで婚約パーティー用のドレスを作ってもらう」

「いや、こんなに高級なところでなくても……」

パフェは奢《おご》ってもらったとはいえ、流石に高級なドレスを買ってもらうのは私も躊躇《ためら》ってしまう。

　しかしノクスは首を振った。

「そんな訳にいくか。社交界における相手の位、財政状況、権威、その他諸々を一番分かりやすく反映するのはドレスの出来栄えだ。下手なドレスを着せたら俺や王室の評判に関わる。流石にドレスの質には妥協はできない」

「はい、そうですよね……」

　ノクスの言葉は正しい。従う他ない。

　ノクスが店の扉を開けて中に入ったので、私も続いて中に入る。店の中にはいくつかのドレスが展示されており、それはどれも一目見るだけで素晴らしい出来だと分かるようなものばかりだった。

「という訳で、ドレスはオーダーメイドで作るぞ」

「はいはい、オーダメイドね」

　少し疲れたような声を出して奥の方から出てきたのは、ただならぬ雰囲気を纏った老女だった。その老女は目つきが悪く、少し背が曲がっている。歳は七十代だろう。

　彼女の名前はテレシア・アルマイン。アルマイン伯爵家の前当主の妻だ。元々デザイナーとしての才能があり、友人や知り合いにだけ服を仕立てていたのだが、前当主が亡くなったのをきっかけに自分の店を構えた。

　彼女は貴族でもあり、王国の中でも随一の才能を持ったデザイナーでもある。

私は前回、この店で服を買ったことがあるので、一応面識はある。

「あら、以前見た時は磨けば光る宝石だと思ったけど、見ないうちに眩しいくらいに輝くダイヤモンドに育ったわね」

テレシアはニヤリと笑った。この老女の笑顔には圧がある。

「あ、ありがとうございます……」

「普段なら私の気に入らない相手は想像が捗《はかど》らないから、ドレスは作らないことにしているんだけどね。この子なら想像力が爆発しそうなくらいだよ」

実は、テレシアは自分の気に入った相手にしかドレスを作らないデザイナーとして、とても有名だ。

私はその試験をどうやら知らないうちに突破していたらしい。

もしかしたらあの地味メイクだったら、テレシアにドレスを作ってもらうことはできなかったかもしれない。いや、自然なメイクの方でも怪しかったかもしれない。

私は心の中でちゃんとメイクをしてくれたメイドたちにお礼を述べるのだった。

そしてそのあとは採寸したり、いくつか希望をテレシアから聞かれたので答えた。

紙に私から聞いたことを書き込むとテレシアはニヤリと笑って頷いた。

「よし、これで希望は聞けたね。あとは……そうね、ドレスだけ作るつもりだったけど、ついでにいくつか服も見繕《みつくろ》ってあげようか。ほら、そこの部屋で試着してみな」

「えっ、でもお代が……」

「どうせそこの王子様がもってくれるよ」

テレシアがいくつか服を私に渡してくる。

私は断る隙もなくその服を押し付けられ、試着室の中へと背中を押された。振り返るとノクスが苦笑していたので、テレシアの言う通り、服も買ってくれるのだろう。

私は仕方なく黒を基調とした、どことなく大人びた妖艶な雰囲気のある服に袖を通す。

そして、試着室の扉を開けた。

扉の前にはノクスとテレシアが立っていた。

「似合ってますか……？」

私が問いかけるが、ノクスは少しの間無言だった。

（これは……今度こそ照れてる！）

驚いたように目を見開くノクスに、私はいたずらっぽい笑みで問いかける。

「ふふん、どうですか？　私が可愛いって信じる気になりました？」

「ああ、そうだな。俺もセレナは可愛いと思う」

「へっ!?　ありがとうございます……」

呆れた顔で「自分で言うな」と言われるか、もしくはノクスの慌てた珍しい顔が見れるかと思って仕掛けたのに、逆にカウンターを喰らってしまった私は赤面して慌てふためく。

「甘ったるいカップルだね」

テレシアが砂糖を入れすぎた紅茶を飲んだ時のような顔をしていた。

そして気に入った服を購入した私とノクスは、店を出る。もう外の景色は夕日で赤く染まっており、いい時間になっていた。

別れる前に、私はノクスにお礼を述べる。

「ノクス様、今日は私のわがままに付き合って頂いてありがとうございました」

「お礼を言うのは俺の方だ。俺が急に言い出したことに付き合ってもらったんだからな」

ノクスは首を横に振ったが、私はそんなことはないと思う。今日は私のわがままに付き合わせてばかりだった。きっとノクスは気を遣わせないためにこう言っているのだろう。

「今日は楽しかったか？」

「はい、とても楽しかったです」

私は正直にそう答える。

デートすると言われた当初はどうなることかと思ったが、一日を通してみればかなり楽しかったと言えるだろう。

「それは良かった。じゃあ、また学園で」

「はい」

そうして私とノクスが別れようとしたところで。

「あ、そうだ。ノクス様、一つお願いしたいことがあるのですが……」

私はあることをノクスに頼んだ。

第五章　今日から新しい私

今日の私は上機嫌だった。

なぜなら今日は元婚約者である、エリオットのサンダーソン侯爵家から、婚約破棄の経緯について発表される日だからだ。

「うん、ちゃんと載ってる」

私は貴族用の新聞を畳んでベッドに置いた。

新聞にはエリオットが私という婚約者がありながら、マリベルと不貞を疑われるほど親しくしていたこと。そしてエリオットのサンダーソン家に何度も抗議したが、全く改善が見られなかったこと。加えてマリベルのシュガーブルーム家にも一度抗議したが、全く効果がなかったこと。これらを受けて、サンダーソン家の有責で婚約破棄したことが載っていた。

貴族用の新聞は貴族社会で起こった出来事を記事にする新聞で、ほとんどの貴族が購読しているものだ。世間で流れているデマを信じて私を罵倒した彼らがどんな顔をするのか楽しみでならない。

そして、もっと素晴らしいのは、国王様が今回の婚約破棄の騒動について、マリベルに責任の一端がある、という声明を出してくれたという記事だ。

先日のデートで、ノクスとの別れ際。

『あ、そうだノクス様。一つお願いしたいことがあるのですが……』

『なんだ』

『その、国王様にマリベル様の今回の騒動について、ご注意を頂けたらな、と』

『ふむ』

『国王様のお言葉であれば流石にマリベル様も行動を改めるのではないかと思って。それに私のように悩んでいる他の令嬢方の助けにもなるかと』

『良いだろう』

『本当ですか⁉』

『父上もこの一件は存じている。シュガーブルームの品性のかけらもない行動に辟易《へきえき》していた。おそらく頼めば喜んで一筆書いてくれるだろう』

こんな感じで、ダメもとで頼んだのだが、ノクスはともかく、意外と国王様までもがノリノリで、マリベルに責任があると一筆書いてくれたらしい。どうやら国王様も最近のシュガーブルーム家がノクスと婚約させろと迫ってくることに辟易しており、お灸を据える意味でも今回は力を貸してくれたようだ。

私はワクワクした気分で家を出る。サンダーソン家が世間に向けて経緯を発表したことで、そういうゴシップに目がない令嬢や婦人がこぞって話題にしているはずだ。つまり私が学園に着く頃にはほとんどの生徒に婚約破棄の経緯が伝わっているはずだ。

そして今日から私はもう地味なメイクをやめて、普通の格好で学園に通っても良くなった。

メイクは私の元の容姿を最大限活かす自然風のもので。元々自慢だった亜麻色の髪は、纏めることなくストレートに。エリオットにかけられた「地味でいろ」という命令から解放される日でもあり、そのため特に私の機嫌は良くなっていた。

馬車から降りた途端、視線が集まるのが分かった。

しかしそれは先日のような、不穏な噂を流されたことによるねっとりと絡みつく不快な視線ではない。

好奇の視線だった。

ちらほらと「あんな令嬢いたか？」「もしかして今まで学園に来たことがなかったとか？」「綺麗……」などという声が聞こえてくる。

すっかり見た目が変わったからか、生徒たちは私が誰だか分からないようだ。

気分良く廊下を歩いていると、どこからか物音が聞こえてきた。

「俺に指図するつもりか!?」

「ひっ!?」

男子生徒が怒鳴る声と、女子生徒の悲鳴が聞こえてきた。

私はそちらの方へと急ぎ足で向かう。

廊下の角を曲がると、そこには男子生徒に詰め寄られている女子生徒がいた。

その男子生徒と女子生徒には見覚えがあった。

男子生徒はマリベルの取り巻きになっている一人であり、女子生徒はその男子生徒の婚約者だったはずだ。パーティーで何回かエスコートを放り出されているのを見て、勝手に親近感を覚えていたのを思い出す。

「お前如きが俺に命令するんじゃない！」

「も、申し訳ございません……っ！」

至近距離で男子生徒が怒鳴っているせいで、女子生徒は完全に怯えきっていた。

（これは流石に見過ごせない……！）

「何をしてるの。その子から手を離しなさい」

私が声をかけると男子生徒と女子生徒が私の方を向いた。

「貴方、確かマリベル様の取り巻きの一人よね？　不貞行為をした挙句に、婚約者を恫喝《どうかつ》するなんて流石に見過ごせないわ」

男子生徒は驚いたような顔で私の全身を上から下まで見て、ようやく私に言われた言葉が意味を結んだのか、ムッとした表情になった。

「誰だよアンタ。俺とこいつの関係に口を出すんじゃねえ」

男子生徒が眉根を寄せて私に対して凄んでくる。

粗雑な言動と相まって、言い方は悪いが、チンピラみたいだ。

「彼女が怯えきっていたから口を挟んだだけよ」

「つーか、まずは名乗れよ」

「私はセレナ・ハートフィールド。これで満足？」

私が名乗ると、男子生徒は笑った。

「誰かと思ったらエリオットの恋路を邪魔する最低の悪女かよ！　不貞行為がどうだなんてお前に言われたくないね！」

「……ん？」

私は首を捻《ひね》った。

（もしかして、知らないのかな……？）

「ねえ、もしかしてサンダーソン侯爵家から発表された今回の婚約破棄の経緯は知らないの？」

「は？　何だよそれ」

やはり彼は知らなかったようだ。仕方がないので私は懇切丁寧に説明してあげた。

「今日、サンダーソン侯爵家から今回の騒動についての経緯が発表されたのよ。サンダーソン家は私に一切の非がないことを認めて、あちら側の有責となったんだけど、知らなかったの？」

「は？」

男子生徒はぽかんと口を開けている。

私はため息をつきながら、仕方がないので説明してあげる。

「私の婚約者であるエリオット様が、私という婚約者がいながらマリベル様にうつつを抜かしていたの。貴方みたいにね。何度も抗議をしたのだけれど、聞き入れられることはなかった。だから王家にこのことを報告したら、国王様によってサンダーソン家の有責が認められたのよ。つまりエリオット様の浮気が認められたの。理解できた？」

「そ、そんなの嘘だ……！」

「なら、今日の貴族新聞を読んでみたら？　国王様の声明もきちんと載っているけど？」

彼はすでに青い顔になっていた。

今日の朝に発表されたばかりなので、知らないこともあるだろう。

だが、知らなかったでは済まされない。

「それと、ええとなんだっけ？　最低の悪女だったかしら。ああ……それと嘘つき？」

男子生徒の肩が跳ねた。

「それがどこから流れた噂なのかは知らないけれど、貴方は事実とは全く違う噂を鵜呑みにしていたようね。熱心に罵倒してくれてありがとうございます」

男子生徒は動揺しはじめる。

「そういえば、貴方の名前をまだ聞いていなかったわね」

「え、いや……」

男子生徒は目を泳がせた。今名前を言えば、自分の家を巻き込んでしまうことを理解したからだろう。根も葉もない噂話で罵倒してきたので、それなりに責任は取ってもらうことになる。

「私には名乗らせたのに、自分は名乗らないつもり？」

だが、男子生徒は逃げることができない。自分が名乗らせたのだから、自分は誰かを明かすことなくその場を立ち去るという選択肢は存在していない。

「……ヴァン・モンテーニュです」

「そう、伯爵家のモンテーニュ家の長男ね。ありがとう、名前を教えてくれて。あとでお手紙を送らせて頂くわね」

「そ、それだけは……！」

「そうはいきません。貴方が今言ったのは私と、ハートフィールド家に対する侮辱です。おいそれと引き下がる訳にはいかないのです」

　そもそも私は最初に名乗ったのだ。私が誰かを理解した上で彼は見当違いの正義感に酔って私のことを罵倒したので、引き下がる理由がない。

「これからはちゃんと噂を真に受けないようにすることをお勧めします」

　ヴァンにそう言うと、私は女子生徒の方に向かって助言をした。

「ああ、それともう一つ助言しておくけれど、私が潔白となったということは、貴女も同じように婚約の破棄ができるということよ」

「え？」

「もうすでに一つ例ができたもの。モンテーニュ家の彼がしていることも私の元婚約者と一緒だから、貴女も同じように婚約は破棄できるはずよ」

私がそう言うと女子生徒は明るい顔になった。どんな理由かは知らないが、きっと彼女は婚約を解消したくてもできない状況に囚われていたはずだ。私の助言が役に立つといいのだが……

そう思っていた時。

「あれ、どうしたんですか？」

マリベルがやってきた。

やってきたマリベルは、そばに大量の生徒を連れていた　取り巻きの男子生徒や、マリベルを尊敬している貴族の令嬢たちだ。私はその生徒の中にエリオットがいるのを見つけた。

（なるほど……そんなに彼女のことを好きなのね）

私と婚約を破棄してもまだマリベルの近くにいるということは、かなりマリベルに惚れ込んでいるらしい。

婚約を破棄したばかりで、すぐに他の女性に近づくのは常識的に考えてどうなのだ、とか言いたいことはあるが、エリオットに常識が通用しないのはもう身に沁《し》みている。

マリベルは私を見ると、ほんの一瞬顔を顰《しか》めた。

そしてヴァンに駆け寄り、心配そうな表情で声をかけた。

「何か問題でもあったの？　ヴァン様、すごく酷い顔をしているけど……」

「マリベル……！」

ヴァンは救いの女神でもやってきたかのように、マリベルの下へと駆け寄る。

「すごく震えてるじゃない……あなた、何をしたの！」

そしてヴァンが私に怯えた目を向けていることを目ざとく察知したマリベルは、私をキッと睨みつけて糾弾してきた。

「私は何もしていません」

「そんな訳ないじゃない！　だって、こんなにヴァン様は怖がってるのよ！　何かあったに決まってるじゃない！」

マリベルは一方的に私が何かをしたのだと決めつけた。

「ヴァン様に謝って下さい！」

挙げ句の果てにはそんなことまで言い出した。私はため息をつきながら説明しようとするものの、マリベルは私の言葉を遮って謝るように強制してくる。

「だから私は……」

「ヴァン様に謝って！　話はそれからです！」

そう言ったマリベルは私を頭からつま先まで眺め回すと、悔しそうな顔で唇を噛み締めた。

（ああ、なるほど）

マリベルの表情を見て、私は納得する。

これほどまでにしつこく謝罪を要求してくるのは、気に食わない相手に嫌がらせをしているのだ。何より、地味だと馬鹿にしていた女が自分よりも可愛くなって嫉妬してのことだろう。

「謝る必要はありません。私は何もしていませんので」

「あなたが誰だかは知らないけれど、私は公爵家なのよ！　そんな言い訳は通用しないわ！」

（ん？）

マリベルの反応的に、私が誰だか分かっていないようだ。

だから、私は強引に話題を変えながら、自分の正体を明かすことにした。

「私が話していたのは、マリベル様についてですよ」

「えっ？　私？」

「ええ。最近、マリベル様が原因で私の婚約が破綻《はたん》しましたので。そのことについて少々話していただけです」

「……」

「私の婚約と同じようにそちらの方にも、マリベル様にも責任を問うことができますよ、とアドバイスをしていただけです」

私はにっこりと笑ってそう告げる。

「…………まさか」

マリベルは顔を真っ青にした。どうやら私が誰かを理解したらしい。

マリベルの取り巻きと、騒ぎを聞きつけて野次馬にやってきた生徒たちがざわめく声が聞こえてきた。

「そんな……だって、別人……」

マリベルは私の顔を見て驚愕に目を見開いていたが、今の状況を素早く飲み込み、今にも泣き出しそうな表情を浮かべる。

「わ、私はただエリオット様と仲良くしようとしていただけで……」

「その言い訳は通用しません。現に私はマリベル様によって婚約関係を維持することができなくなった、というのは国王陛下が認めてらっしゃるのですから」

もはや立場が逆転していた。

ついでにマリベルの逃げ道を塞いでおくことも忘れない。もうマリベルにも責任がある、というのは事実となった。下手な言い逃れは通用しないのだ。

マリベルは目を泳がせると……

「わ、私！　急用を思い出しました！」

とうとう言い訳が通用しないと理解したマリベルが一目散に逃げ出した。

「えっ！　マリベル様!?」

「マリベル!?」

取り巻きやヴァンもマリベルが逃げ出したことに驚きつつも、そのあとを追って立ち去っていく。

その中でエリオットがただ茫然《ぼうぜん》と私を見ていた。

（まさか、今さら私が自分の元婚約者だと気づいたの……？）

私は半ば呆れたようにため息をつく。ここ半年ほどはかなり関係が悪くなってきていたとはいえ、八歳からずっと私とエリオットは婚約者として関係を築いてきたはずだった。それなのに、エリオットは私が誰だかは気づいていなかったらしい。

　エリオットは私を見てはいなかった。

　そのことを再認識して、私は少しだけ憂鬱《ゆううつ》な気分になるのだった。

　私はその場から立ち去ろうとした。

　しかし……

「あの、助けて頂いてありがとうございました……！」

　先ほど助けた女子生徒が、小さな声で私にお礼を言ってきた。

「こちらこそ、差し出がましいことをしてごめんなさい」

「い、いえ！　そんなことはありません！　私、男爵家で……伯爵家のヴァン様にはずっと何も言えなくて……。お父様もヴァン様には逆らうなって……」

　同じ貴族といえど、爵位が一番低い男爵家と、男爵家より二つ爵位が上の伯爵家ではかなり身分差がある。そこまで身分差があるならいくら婚約者といえども、マリベルとの関係について何も意見を言ったりはできないことは想像に難くない。そして恐らく、ヴァンはずっとその身分差を利用して、さっきみたいにこの女子生徒を恫喝したりしていたのだろう。

「でも、セレナ様が助けてくれて、すごく嬉しかったです！　私の思ってることを全部言ってくれて、本当にスッキリしました！」

「それなら良かったけど……」

「あ、も、申し遅れました、私はジュリエット・ウィンザーです……」

「私はセレナ・ハートフィールドよ。よろしくね」

互いに自己紹介を終えたところで、私は気になっていたことを質問してみる。

「でも、なんでそこまでされて婚約を解消しなかったの？」

「私の家、モンテーニュ家に借金があって、それで婚約を解消できなくて……」

「ああ、なるほど……」

ジュリエットはいわゆる政略結婚をするために婚約をしていたのだろう。

伯爵家の方には男爵家と婚約するメリットはあまりないように見えるが、ヴァンのあの性格を見れば大抵の事情は察する。恐らく性格に難がありすぎて婚約者が見つからなかったのだ。そのため爵位を落とした相手と婚約した、事情はそんなところだろう。

「で、でももう今回のことで、慰謝料として借金の帳消しを要求して、婚約破棄を叩きつけたいと思ってます！」

ジュリエットは胸の前で拳を握る。

「借金がなくなれば婚約する理由がなくなるものね」

「はい！　私、ずっとあの人に怯えてばかりで……でも、決めました。セレナ様みたいにしっかりと真正面から婚約破棄を叩きつけます！」

「私もそれがいいと思う。頑張ってね。何かあれば私がまた相談に乗るから」

「はい！」

ジュリエットはさっきまでとは打って変わって、明るい笑みを浮かべながら歩いていった。

＊＊＊

そして、昼食時のことだった。

私はいつも通り、リリスと食堂のテラスで昼食を食べていた。

このテラス席には陽の光が差し込んでおり、色とりどりの花が咲き誇っている庭園も見える。景色が良いし、今の季節は気温がちょうど良く暖かいので、テラス席は生徒で埋まっていた。

アイアンテーブルの上に、リリスが紅茶のカップとお皿を置いた。

「……それにしてもすごい変わりようね」

やはり私の予想通り、リリスは一見では私のことを認識できずに、一瞬誰だか分かっていなかった。

私はスカートをつまむとおどけた口調でリリスに尋ねてみる。

「どう？　可愛くなった？」

「はいはい、可愛くなったわよ」

私とリリスは昼食を食べながら、そんな他愛もない会話をしていた。

すると……

「ちょっと今、よろしいでしょうか」

背後から声をかけられたので振り返ると、そこには数人の女子生徒が立っていた。ぞろぞろとやってきた彼女たちは一様に私を睨んでいる。

私は彼女たちに見覚えがあった。マリベルの取り巻きたちだ。

声色からして、友好的な話をしようとしに来たのではないことが分かる。

そして代表格と思わしき、赤毛で吊り目の女子生徒が私に向かって何かを言おうとしたところで。

「今は食事中ですけれど、貴女たちは話しかけた相手が食事中かどうか考えないほど、躾《しつ》けられずに育ってきたの？」

リリスが紅茶を飲みながら厳しい声でそう言った。口調こそ厳しいものの、リリスの言ったことは間違っていない。明らかに私とリリスは食事をしている途中で、そんな時に話しかけるのはマナー違反だ。

彼女たちはかっと頬を赤らめて、私に対して怒鳴りつける。

「だいたい、貴女が悪いんじゃない！」

「私が、ですか？」

なぜ私が責められるのかが分からなくて、首を傾げる。

「そうよ！　貴女のせいでマリベル様がどれだけ悲しんでいるか知らないの！」

「知らないですけど……」

正直に言って、マリベルがどんな気持ちかなんてどうでも良い。悲しんでいようが、私はきっちりとされたことの報いは受けてもらうつもりだし、それにマリベルの感情を考える必要はない。

このままここに居座られても面倒なので、私はさっさと本題を聞いて、お引き取り願うことにした。

「ええと、本題は……？」

「今日発表された婚約破棄の経緯について、撤回して下さい！」

「………え？」

私はぽかんとした表情になった。

あまりにも衝撃的な言葉だったからだ。

頭の片隅で、今まで会った生徒はエリオットのことについて知らない様子だったので心配だったが、やっぱりちゃんと新聞を読んでいる貴族の生徒もいるんだな、とどうでもいいことを考えるほどだった。

「ええと……なぜ私が撤回しなければならないのですか？」

「それは貴女のせいでマリベル様が汚名を被っているからよ！」

私は頭痛がしてきたのでこめかみを押さえる。

そもそも、婚約が破棄となった経緯を発表したのは私ではなく、サンダーソン家だ。

文句なら私ではなく、サンダーソン侯爵家に言うべきだ。

「そう言われましても……経緯を発表したのはサンダーソン家です。私ではなくサンダーソン家に言うべきなのでは？」

「貴女がちゃんと撤回するって言えば、サンダーソン家だって撤回できるでしょ！」

私は深呼吸をして、ニッコリと笑みを浮かべると彼女たちへこう言った。

「嫌です」

「なっ⁉」

何やら驚いた表情だが、なぜ驚いているのかさっぱり分からない。

「そもそも、マリベル様が蒔《ま》いた種ですから私が回収する理由がありません」

「なんでよ！　あんな嘘のせいでマリベル様が苦しんでいるのよ！」

挙げ句の果てに、彼女は発表された経緯が嘘だと言ってきた。どうやら彼女はマリベルが正しいと疑っていないらしい。

「貴女は先ほどマリベル様の気持ちを考えたことがあるか、とおっしゃいましたが、逆にマリベル様は私のことを一度でも考えてくれたことはあるのでしょうか？」

「あるに決まってるじゃない！」

「それなら、なぜ私の元婚約者との関係を断ってくれなかったのですか？」

「それは……」

「私の元婚約者と淫らな関係だと勘違いされるほどに親しくなさっていましたよね？　私の気持ちを一度でも考えてくれたなら、そんな行動はすぐにやめてくれると思うのですが」

婚約者が他の女性と睦まじくしているところを見て良い気分になる女性はいないだろう。

徐々に彼女たちの勢いが弱まっていく。

「加えて言わせてもらうなら、私は一度シュガーブルーム家に抗議しています。このままでは相応の対応を取らなければならない、と。その上でマリベル様は私の元婚約者と親しくしていたのですから、私がマリベル様のことを考えなければならない義務なんてありません」

彼女たちは完全に押されていた。

「最後に、私も汚名を着せられていましたよね。『エリオット様とマリベル様の恋を邪魔する悪女』というね。これは私の元婚約者とマリベル様のせいで着せられた汚名なのですが」

私はずっとマリベルのせいで汚名を着せられていたのだ。それも、本来は着せられるはずのない汚名だ。

私が責められる筋合いはない。

「それでもまだ撤回してほしい、とおっしゃるなら、国王様の認めた事実を否定した、ということになりますがそれでも良いんですか？」

「そ、それは……！」

ここでダメ押し。

国王様に逆らうのか？　と問われた彼女たちはもう私に何か言う気力を失っていた。

「子供のように何かをしてほしいと私に要求する前に、一度マリベル様に自身の言動を反省するように忠告してみては？　もう私から話すことはありません。どうぞお引き取り下さい」

私から帰るように促されて、彼女たちは悔しそうにしていたものの、ここでまだ反論しようものなら、国王の決定に逆らうようなものなのだ。

それは理解していたらしい彼女たちはスゴスゴと去っていった。

「それにしても、まさかこれほどまでに直接訴えてくるとは思わなかったわ」

「私も。マリベル様って、不思議なくらい味方が多いよね……」

「別に純粋な好意とは限らないわよ？　シュガーブルーム家の派閥の貴族は自分の派閥の主人が危機に陥《おちい》れば、自分も危機に陥る訳だし」

「でも、あれはかなりマリベル様を信仰してそうだったよ？」

「そうね、リーダー格の彼女はマリベル様を心酔の域で尊敬してそうだったわね」

リリスの言葉通り、リーダー格の彼女は心からマリベルのことを疑っていなさそうだった。

「とにかく、こうして直接的な接触をしてきた以上、これからは気をつけた方が良いわね」

「そうだね」

ああいう手合いが一番何をするのか予想できない。自分が正義だと疑わないから、どんなことでも平気でするのだ。

リリスの言葉に改めて、私は気を引き締めるのだった。

第六章 これも婚約者の「演技」？

　そして翌日。

「えっ、ノクス様が屋敷へやってきた？」

　朝、学園に向かうための支度をしていた私は使用人から報せを聞いて驚いた。

　ノクスがハートフィールド侯爵家へといきなりやってきたからだ。

　私はすぐに用意を済ませると、応接室で待っているノクスの下へと向かった。と言っても、いつもより時間はかかったのだが。地味メイクをしなくても良くなったのは良いが、その分他の手順が増えるので、急いでいる時には少しだけ困る。

　そうしてメイドたちに大急ぎで朝の準備を整えてもらった私は、最後に廊下に置いてある鏡で、制服に乱れがないかを確認する。

　よし、問題ない。

　応接室の扉を開けた。

「お待たせいたしました、ノクス様」

「いや、俺こそ急に来て申し訳ない」

　ソファに座っていたノクスは立ち上がって、私の方までやってきた。

　そして私を観察すると、ふっと笑みを漏らした。

「ああ、今日も綺麗だな」

「えっ？　あ、ありがとうございます……」

　不意打ちの褒めに、私は動揺した。

「な、なんで急に私を褒めるんですか……？」

「婚約者を褒めるのは、別におかしなことじゃないだろう」

「そうでしょうか……」

　私は首を傾げる。

　思えば、偽装婚約のはずなのに、ノクスは不思議なくらい私を褒めてくれる。デートの時もそうだった。エリオットはこうやって私を逐一褒めてくれたりなんかしなかった。私だけ一方的に契約以上のものをもらってるみたいで、気が引ける。

「セレナは綺麗だから褒めがいがある」

　ノクスは肩をすくめてサラッとそんなことを言った。内心、とんでもなく動揺してしまうのはしょうがないことだろう。

「きょ、今日はどのようなご用事で？」

「別に、婚約者と一緒に学園へと行こう、というだけだ」

「へっ？」

「というのは冗談だ。シュガーブルーム……マリベルについていくつか連絡することがあるから今日は来ただけだ。馬車の中なら誰かに聞き耳を立てられるということもないだろう」

「な、なるほど……」

少し腑に落ちないところもあったが、私はノクスがなぜやってきたのかは理解した。

迎えに来たのが事務的な用事のためだった、ということを聞いて少しがっかりした気分になったのは気のせいだろう。


馬車に乗り込み、馬が走り出すとノクスがマリベルのことについて報告する。

「マリベルについてだが、セレナの事例に基づいて、今までマリベルに婚約者を取られていた全ての家が婚約破棄と、マリベルに対する慰謝料の請求を叩きつけたそうだ」

「それは……もう一大事ですね」

「ああ、かつてこれほどまでに一斉に婚約の破棄が叩きつけられたことはない。シュガーブルーム家は国の歴史に大きな汚点を残すことになるだろうな」

シュガーブルーム家は大量に婚約を破綻させた家として。

そして、マリベルは悪女として名前を残すことになるのだろう。

「シュガーブルーム家では対応しきれないかもしれないな」

「はい、昨日発表された経緯に基づいてシュガーブルーム家には慰謝料の請求を入れたのですが、まだ返事はありません」

「まあ、今のところ処理しなければならない問題が多すぎてキャパオーバーしているのかもしれないな」

なんせ、十人ほどの男性を侍らせていたのだ。

その相手の家から慰謝料と謝罪を一度に求められているとなると、キャパオーバーしてしまうのもおかしくないのかもしれない。

「ただ、一つ注意しておかなければならないことがある」

「なんですか？」

「マリベルを中心に、今回婚約破棄を叩きつけられた男子生徒や、派閥の生徒が何かを企んでいるかもしれない、という情報が入った」

「それは……」

「奴らは今回の騒動の原因である、セレナを狙って何かをするつもりかもしれないから気をつけてくれ。ということを俺は伝えたかったんだ」

「……はい、肝に銘じます」

私はノクスの忠告を肝に銘じた。

そして学園にやってくると。

「あ」

私はあることに思い至った。

なぜなら、一緒に学園へ行くということは、一緒の馬車から降りてくるところを生徒に見られるということであり……

「ノクス様……その……」

「ん？　どうした」

馬車から降りたノクスが首を傾げながら私に手を差し出してくる。

（婚約を発表するのは一ヶ月後なのにどうして……！）

発表までは婚約のことは隠しておくんじゃなかったのか。

私は困惑していたが、どのみち馬車からは降りなければならない。

私は覚悟を決めてノクスの手を取った。そして馬車から降りてくると、周囲にいた生徒がわっと騒ぎ始めた。

それも当然、今まで女子生徒を近づけなかったノクスが、初めて女性をエスコートしているからだ。

（もう少ししたら慣れなきゃならないことなんだから……！）

ノクスと婚約すればこれが日常となる。今のうちに慣れておいた方が良い。

視線を受けながら歩いていると、後ろから耳障りな猫撫で声が聞こえてきた。

「ノクス様っ！」

私とノクスが振り返ると、そこには予想通りというべきか、マリベルが立っていた。

しかしマリベルの顔をよく見てみると、少し顔が引き攣《つ》っている。馬車から私とノクスが一緒に降りてきたところを見て、内心かなり焦っているのだろう。

今一番顔を合わせたくないであろう私がいてもやってきたということは、どうしても情報を得なければならない、と思っているはずだ。

「ごきげんよう、ノクス様」

マリベルはまるで昔から仲が良さそうな口調でノクスに話しかけている。

マリベルとノクスの仲が良いという噂は、マリベルが原因なのかもしれない。

「お二人が馬車から一緒に降りてくるのを見たのですが……お二人はどのような関係なのでしょう？」

そしてマリベルはいきなり本題を切り出してきた。私とノクスの関係がどういうものか知りたくてしょうがなさそうだ。もちろん、婚約の発表はまだ先なので、私からは何も言わない。

「私、ノクス様とセレナ様がそれほど親しい間柄とは知らなかったので、とても驚いてしまいました。お二人はどのようなきっかけでお知り合いに？」

マリベルはなんとか私とノクスから情報を引き出そうと、次々に質問してくる。しかし私もノクスもそれには答えず無視している。マリベルの笑顔が少し崩れるのが分かった。

流石にしつこいと思ったのか、ノクスはマリベルに向き直ると、冷えた声で言い放った。

「俺に気安く話しかけるなと言ったはずだが？」

ノクスはマリベルを睨みつける。

黒氷の王子に相応しい、凍えるような目にマリベルは気圧されていた。

最近のノクスを見て勘違いしていたが、やはりノクスは誰も寄せつけない黒氷の王子なのだと再確認させられる。

「し、失礼しました……」

マリベルは真っ青な表情でノクスに謝罪する。

「さっさと俺の前から失せろ」

ノクスは冷たくマリベルを追い払う。

マリベルは唇を噛み締めると、私とノクスを追い越して建物の中へと急ぎ足で入っていった。

マリベルが去るとノクスはまた優しい笑みを浮かべて私に向き直る。

「さ、行くか」

「は、はい……」

今さらここで別れて学園に行きましょう、という提案は私にはできなかった。

だから私はノクスと一緒に建物の中に入ったのだが……

（し、視線がすごい……！）

昨日など比にならないくらいに視線が集まっている。それもこれも私の隣で、私以外には見せない笑みを浮かべているノクスがいるせいなのだが……

歩いていると「見て、あのノクス様の表情」「あんなに優しい笑顔……初めて見た」「素敵……」と声が聞こえてくる。

ノクスが褒められているのを聞いて、少し照れくさいような、それでいて誇らしいような気持ちになった。

そして私の教室に到着した。ここでノクスとはお別れとなる。

「じゃあ、またあとで」

「あ、はい……」

そして私に別れの挨拶をすると、ノクスは自分の教室へと歩いていく。

去っていくノクスの背中を見て、私は首を傾げた。

「……ん？　またあとで？」

その言葉の意味はのちほど分かることになる。


「セレナ。一緒に昼食をとろう」

昼休み。

ノクスが私のいる教室へとやってきたからだ。

＊＊＊

「ノ、ノクス様⁉」

私は教室にノクスがやってきたことに驚いていた。

それは教室にいた生徒も同じだ。いつもは休み時間になるや否や、一人になるためにどこかへ行ってしまうノクスが教室にやってきたどころか、女子生徒を迎えに来たというのだから、その驚きも当然だろう。私だって外野だったら何が起こっていたのか知りたいと思うはずだ。

問題は、注目の的が私だということだ。私はノクスの下へと小走りで向かう。

「ノクス様、これは一体どういう……」

「なに、一緒に昼食でもどうかと思ってな」

「昼食を一緒に⁉」

私は思わず叫んでしまった。

そのせいで周囲の生徒がまた騒がしくなる。

しまった。騒ぎの種を自分で与えてしまった。

「ノクス様、とりあえず移動しましょう」

私はひとまず場所を移動することにした。


そして私とノクスは食堂へとやってきた。

「そういえば、ノクス様っていつも食堂を利用なさってますよね」

「ん？　知っているのか？」

「はい、ノクス様はとても目立ちますから」

上級貴族はたまに個室に専用のシェフを呼んだりすることがあるが、ノクスは食堂で昼食を食べている。しかし、ノクスの周りの席にはぽっかりと穴が空いたように人が寄り付かず、そのせいでいつもノクスは目立っていた。

と言ってもいつも食べ終わるとさっさと食堂から出ていってしまうので、昨日私がマリベルの取り巻きに難癖《なんくせ》をつけられた時にはいなかった。ノクスがいたら彼女たちにもっと痛い目を見させることができたのだが。

テーブルに着くと、私は声をひそめてノクスに質問する。

食堂の隅の方で、周囲に人もいないので、ここなら聞き耳を立てられることはない。

「それで、一体どういうつもりなんですか」

「リリスには予め許可を取っているぞ」

「そういう問題ではありません！」

「俺とお前の仲なんだ。昼食くらい一緒にとってもおかしくないだろう」

「いや、確かにそうかもしれませんが、他の生徒たちは私とノクス様がどういう関係か知らないのですよ？　急に親しくしはじめたら、どんな関係か知りたがるに決まってるじゃないですか」

現に、今は遠巻きにこちらをチラチラと見てくる視線が絶えない。

ノクスは首を傾げた。

「そうなのか？」

「そうなんです」

私はノクスにそう言いながら、違和感を覚える。

まさか、気づいていなかったというのだろうか。

いや、ノクスのことだ。確実に私にいきなり話しかけることがどういうことなのか理解しているはずなのだが……

しかしノクスは疑問に答えるつもりはないみたいだった。

このまま時間を浪費する訳にもいかないので、私とノクスは一旦この件は置いておいてカウンターへ向かう。それぞれ食べたいメニューを頼んで、再びさっきの席へ落ち着き食事を始めた。

すると……

「ノクス様……っ！」

朝に聞いた、耳障りな猫撫で声が聞こえてきた。

私はかなりうんざりしつつ、振り返る。するとそこには予想通りというべきか、マリベルとその取り巻きが立っていた。

食堂の視線が一気にこちらに集まる。

「一体どうしてノクス様とセレナ様が一緒にお食事をしているのでしょうか？」

「なぜと言われましても……」

「私の知らぬ間に、随分と仲良くなられたのですね」

（別に貴女の許可は必要ないと思うんですけど……）

私は心の中でそう呟いた。

マリベルの口調はかなり焦っていた。今朝、一緒の馬車から降りてきただけでなく、こうして一緒に食事をとっているところを見て、かなり動揺しているのだろう。

今までは自分が一番ノクスと親密だと思っていたので、突然自分以上にノクスと親密にしている私のことが気になってしょうがないようだ。しかもマリベルはノクスの婚約者の座を狙っているようなので、その焦りもかなり大きいはずだ。

もう私とノクスから情報を引き出そうとしているところを隠すつもりすらない。もちろん、私とノクスはどんなに聞かれても答えることはないのだが。

「私もお食事をご一緒してもよろしいですか！」

「は？」

思わずそんな声が出た。

「あ、ここの席が空いていますね」

マリベルはこちらの返事も待たず、四人がけの丸テーブルの空いている席に勝手に座ろうとする。どうしてもノクスと一緒に食事をとり、私と対等になりたいのだろう。

私がマリベルに苦情を入れようとしたその時。

「おい。しつこいぞ」

ノクスがマリベルを注意した。

「お前と一緒に昼食をとるなんて真っ平ごめんだ。早くどこかへ行け」

にべもない拒絶に、マリベルは大いに引き攣った笑みを浮かべていた。

しかしそれでもマリベルは食い下がる。

「そんなことをおっしゃらずに、今まで一度も誰かと昼食をお食べになったことがないじゃないですか。少しくらい私も一緒に――」

「ふむ、今ので理解したかと思ったが……どうやら、お前と一緒に食事をとるのが不快だ、とはっきり言わなければお前は理解できないようだな」

「っ……‼」

　マリベルは歯を食いしばる。

　そしてマリベルは私を指さすと、ノクスへと訴える。

「なぜですか！　こんなのより、私の方が魅力的で……」

「今、なんと言った？」

　明確に、周囲の温度が下がったと思った。

「まさか、セレナを罵倒したのではあるまいな」

　首筋に刃物を添えられているような、ヒヤリとした殺気がノクスからは漏れ出ていた。

　間違いない、今までで一番怒っている。

「何を勘違いしているのかは分からないが、お前よりもセレナの方がよほど魅力的だ」

「そんな……」

　ノクスが、はっきりとそう言うと、マリベルは傷ついたような表情になる。

　それと対照的に、私は顔が真っ赤になっていた。

（み、魅力的って、そんな……）

　あまりにもストレートな褒め言葉のため、インパクトが強すぎて、赤面して黙りこくってしまった。

　その間にもノクスはマリベルを睨みつけて、文句を言っている。

「もうお前にはうんざりだ。二度と俺の前に顔を出すな」

「なっ……！」

もう二度と自分の前に顔を出すな、と言われたマリベルは一瞬驚愕に目を見開き、そして悔しそうに唇を引き結ぶ。しかしノクスにそう言われた以上、もう取り付く島がないのはマリベルにとっても明白だった。

最後にマリベルは私を睨んで去っていった。

取り巻きたちは昨日と同じように、「マリベル様！」「待って下さい！」とマリベルの後を追って走っていく。

そしてマリベルの派閥の全員がいなくなると、食堂に平穏が戻ってきた。

私はおずおずとノクスに質問する。

「あの……もしかして私のために怒って下さったのですか？」

「それ以外何があるというんだ」

まるでさも当然かのようにノクスはそう言った。

「あ、ありがとうございます……」

私は少し赤面しながらノクスにお礼を述べた。

そして放課後、教室を出て学園から帰る途中も、当然のようにノクスのエスコート付きだった。

なんでここまでしてくれるんだろう、と疑問に思ったが結論は出なかった。

馬車が私の屋敷に着いた時、事件が起こる。

「明日まで会えないのが寂しい。待ち遠しいな」

私が馬車から降りようとすると、ノクスは別れの挨拶に加えてそんなことまで私に対して言った。

それどころか、私の手の甲にキスをしたのだ。

「ななっ、何を!?」

私は慌てて手を引っ込める。

私はこんなにも動揺しているのに対して、ノクスは至って平然としていた。

「婚約者なのだから、これくらい当然だ」

「それは絶対に間違ってると思います！」

偽装婚約を公表もしておらず、ギャラリーもいない状況でのキスなんて、ノクスの言葉は強く否定せざるを得なかった。それにしてもノクスはどんな婚約者像を抱いているんだろう。でも正直悪い気はしなかったので特に気にしないことにした。

＊＊＊

こうして私はノクスと一緒に登校したり、昼食をともにするのが当たり前になっていった。そのおかげか、マリベルや彼女の肩をもつ貴族に絡まれることも少なくなり、私の学園生活に、久々に平穏が訪れていた。

だが、代わりに新たな問題が浮上した。


それは、食堂へ行こうと学園の廊下を歩いている時だった。

「セレナ嬢」

声をかけられたので後ろを振り返ると、そこには学園の男子生徒が立っていた。

青みがかった黒髪をかき上げると、白い歯をニカっと見せて笑った。

「美しい……！　やっぱり俺の見立ては正しかった」

「ええと、どなたでしょう」

名前を尋ねると、目の前の男子生徒はきょとんとした表情になった。

まさか自分を知らないとは思わなかったのだろう。

「俺を知らないと……？」

「ええ、申し訳ございません……。お名前を教えてもらっても構いませんか？」

「俺の名前はアンドリュー・クライムロックです」

彼に見覚えはなかったが、その家の名前には聞き覚えがあった。

最近有名になった伯爵家の名前だ。

「クライムロック家といえば、最近領地に鉱山が見つかったという……」

見つかった鉱山は規模が大きく、近々侯爵家になるとも噂されているぐらい、今勢いに乗っている家だ。

私が彼の顔を知らないのは、鉱山が見つかる以前はクライムロック家は没落寸前の、いわば貧乏貴族で、滅多に社交界に顔を出さなかったからだ。

私が名前を思い出すと、目の前のアンドリューと名乗った男子生徒はにかっと笑みを浮かべた。

「ええ、そのクライムロックです。それよりもセレナ嬢、俺のことはアンドリューと……」

「クライムロック様、どのようなご用でしょうか」

私がわざと家名を呼ぶと、アンドリューは顔を固まらせたが、すぐに笑顔に戻る。

「今、セレナ嬢は婚約者がいないのだろう？」

「……ええ、そうですね」

今、ノクスとの婚約関係に関しては秘密なので、婚約者はいないことにする。

するとアンドリューは笑顔になった。

「それなら、俺が新たな婚約者候補に立候補しよう！」

胸に手を当て、自信満々に私へとそう告げた。

「ええと……」

考えるふりをして頬に手を当てながら、私は内心で少しばかりうんざりとしていた。

なぜかと言えば、最近私の容姿が良くなってからというもの、こうして婚約を申し込んでくる男子生徒が増えたからだ。

私に婚約者がいないことはエリオットの事件で知れ渡っているし、侯爵家と婚約を結びたい家はいくらでもある。加えて私の器量の良さも加われば、婚約を申し込んでしまうのも無理はない。容姿が良くなったことで褒められるのは嬉しい。私が可愛いのは確かにそうだし。

でも、露骨に欲望を丸出しにして近づいてくるのはかなり面倒くさい。

「申し訳ありませんが、婚約は……。お互いまだ出会ったばかりですし、ここは友人から始めるのはいかがでしょうか」

私がやんわりとお断りさせてもらうと、アンドリューは分かりやすく眉を顰めた。

「確かにセレナ嬢は婚約を破棄されたが、今勢いに乗っているクライムロック家が婚約を結べば、きっと両家にとって利益が……」

「破棄、された……？」

ぷちん、と私の頭の血管が切れる音がした。

私の薄っすらと浮かべていた笑みが、ついに崩れた。

聞き捨てならない言葉だ。

確かに私とエリオットとの婚約は破棄されたが、別に私の方が破棄された訳ではない。

私たちの婚約破棄はエリオットの有責で、私が、婚約を破棄したのだ。新聞でも公表されたし、国王が声明まで出したというのに、アンドリューのようにいまだに私に非があると思い込んでいる生徒——特に男子生徒は多い。

「失礼な言葉を言わないで下さい。婚約を破棄したのは、私です。鉱山のおかげで成り上がって、最低限の礼儀すら忘れたのですか、クライムロック家は？」

私の言葉が気に障ったのか、ついにアンドリューは眉を吊り上げ、怒り始めた。

「このっ……！　下手に出てやったのに……！」

「それはこちらの台詞です」

「なっ……」

今まではやんわりと笑みを浮かべていた私がキッと睨みつけると、アンドリューは目を見開いた。

「欲望丸出しで近づかれても友好的な態度を取っていてあげたのに、失礼なことを言うばかりか、挙げ句の果てには逆ギレですか？」

私が一歩詰め寄ると、アンドリューは私の気迫に押されて一歩退いた。

「以前の私は確かに地味で、目立たないようにしていたので勘違いをしたようですが、男性の言いなりになるような弱い人間ではありません」

以前の私は、ずっとエリオットの言いなりだった。

エリオットの要望で、従順な婚約者を演じていた。

アンドリューは、恐らくその時の私のままだと思っていたのだろう。

だけど、もう昔の私じゃない。

「セレナ」

背後から男性の声がかけられた。

エリオットと婚約破棄した今、私を名前で呼ぶ男子生徒は一人しかない。

「ノクス様」

「ノ、ノクス殿下……!?」

ノクスがやってくると、アンドリューは慌てはじめた。

「何かあったのか」

私がアンドリューに詰め寄っている場面を見て、何かあったのだと悟ったノクスはスッと目を細めた。これ幸いと、私はノクスに助けを求めることにした。

「実は……」

「は、ははっ、ではセレナ嬢、もう用事は終わったし俺はこれで」

ノクスに事情を説明しようとした途端、アンドリューはまずいと思ったのか逃げるようにして私たちから離れていった。

多分、普段は大きな態度をとっているが、自分より目上の人間にはとことん弱い性格なのだろう。

「なんだったんだアイツは……？」

ノクスは不自然な態度で逃げていったアンドリューを見て、首を捻っていた。

「実はですね、彼が……」

私はノクスに事情を説明する。

「なるほどな。また婚約の申し込みか……」

「ええ、これでもう五回目です」

「そうか……五回も……」

不満気な声がして顔を上げれば、ノクスが渋い顔になっていた。

確かに偽装とはいえ、仮にも婚約者なので他の男子生徒と二人、というのはまずかったかもしれない。

「申し訳ございません、ノクス様」

「え？　いや、別に謝る必要はないんだが……それよりも、食堂に行かないのか？」

「あ、行きます」

食堂の方向へ背を向けるノクスに、私はついていく。

（……それにしても、容姿が変わっただけでこんなに効果があるとは）

廊下を歩きながら、私は心の中でポツリと呟く。

容姿が変わっただけで、周囲の反応が以前とは大違いだ。

私は改めて可愛くなって良かった、としみじみ思うのだった。

だけど、五年以上エリオットに言われて地味にしてきた悪影響は、まだ残っている。

その中でも一番影響が深いのは、可愛い系の服を着れなくなったことだ。

昔、パーティーに可愛い系のドレスを着ていった。だが、エリオットからはそのドレスは大不評で、おまけにずっとパーティーの最中不機嫌だった。地味なメイクをしている中でも、一生懸命浮かないようなお洒落をしたつもりだったのだ。しかしエリオットは「似合ってない」と一刀両断した。それをパーティーが始まる前に言われたので、似合ってないと言われたドレスを着ながらそのパーティーを過ごすことになり…………控えめに言って最悪だった。

それから私は可愛い系のドレスや、服やアクセサリーを着れなくなっていた。

今思えば、私を他の誰かに取られたくなかったエリオットの嘘なのだろう。

だけど、その似合ってないという言葉は私の心に深い傷を残した。

そんなことを考えながら、私たちは食堂へ入る。

自分の思考に没頭していたから、いつもよりノクスの口数が少ないことに気がつかなかった。


その日の夜、屋敷に帰った私はクローゼットの前に立っていた。アンドリューとの一件で、エリオットに言われたことを思い出した私は、婚約破棄してすっきりした今こそ可愛い服が着られるのではと挑戦してみた。

「うーん……」

鏡の前に立ちながら私は唸る。

私が着ているのは可愛い系統の、フリルのついたワンピースだ。

可愛い。

鏡に映る私は可愛い、と思う。

でも、なんとなく自信が持てないのだ。

「はぁ……やっぱりこういう服はやめておこう……」

最終的に納得がいかなかった私は、ワンピースをクローゼットの奥に押し込んで、寝る準備に入った。

「セレナ、これ」

翌日、いつも通り家まで迎えにきてくれたノクスが、馬車の中で突然私に箱を差し出してきた。

その時、可愛い服を着れなくなったことについて考えていた私は、一瞬反応が遅れる。

「えと……これはなんでしょう？」

いきなり渡された箱を見て私は首を傾げる。

大きさはそれほど大きくはない。ペンケースくらいの大きさの箱だ。

「プレゼントだ」

「プレゼント？」

「ああ。俺の独断と偏見でお前に似合いそうなネックレスを購入しておいた。……いらないか？」

「いえ、その、頂けるのは嬉しいのですが、どうして急に……？」

「婚約者として、贈り物一つ贈らないのもどうかと思ってな。俺とお前は仮初の偽装婚約の関係とはいえ、ドライすぎてもいつかボロが出てくるだろう」

「そうですかね……？」

「そうだ。いらないなら俺が処分しておくが」

「あっ、いえ、頂きます」

確かにノクスの言葉も正しいか、と思ったのでプレゼントを受け取る。昨日、ノクスには最近男子生徒から声をかけられることが増えたことを伝えたので、その対策を考えてくれたのかもしれない。

「今開けてもよろしいですか？」

「ああ」

箱の蓋を開けると、そこにはハートの形のネックレスが入っていた。

そのネックレスを見て、少し固まってしまった。

「その……どうしてこのネックレスを？」

「こういうの、好きなんだろうと思ってな」

「え？　私が、好きですか？」

意外な言葉に少し驚く。

だって今までノクスの前では可愛い感じの服はあまり着てこなかったのに……

「以前部屋を見た時に小物が可愛らしいものが多かったから」

「それはそうなんですけど……」

確かに、可愛いものは好きなので、部屋の中にある小物は可愛いものが多い。

でも、そんな些細《ささい》なことに気づくなんて、と内心驚いていた。

歯切れの悪い私を見てノクスが尋ねてくる。

「どうした？　気に入らなかったか」

「いえ……違うんです。私はこのネックレスは好きなんですけれど、その……以前似たネックレスをつけた時に、あまり似合ってないと言われてしまって……」

婚約から数年後のパーティーの時のことを思い出す。

少しずつ大人っぽくなり始めた私は、十歳の頃にエリオットからもらったネックレスをつけていった。

もちろん、彼の「地味にしていてほしい」という要望にも応えながら、精一杯お洒落したつもりだった。

しかしエリオットは頭からつま先まで私の装いにダメ出しをして、自分がくれたネックレスのことまで「そういう可愛いモチーフは君には似合わないよ」と批判した。

ノクスがくれたネックレスは、エリオットがくれたものに少し似ているのだ。

「可愛いのは、私には似合ってないんじゃないかって……」

「俺は似合ってないと思わない」

「え？」

「セレナはそういう可愛い感じの服やアクセサリーは嫌いなのか？」

「いえ、そういう訳ではないんですけど……」

「じゃあ、自分の好きなものを着ればいいじゃないか。俺は少なくとも似合ってると思うが」

「そうでしょうか？」

「ああ、俺が保証する。セレナならどんなものでも似合う」

「っそうですか……」

そういえば。

ノクスはエリオットと違って、どこまでも私のことを尊重してくれる。

そのことに気づくと、一気に私の中で嬉しいような、でもそれだけじゃないような気持ちが溢れ出した。

「その……ありがとうございます」

少し照れながらノクスにお礼を述べる。

そして赤くなった顔が見えないように顔を逸らす。

（大丈夫。不意打ちにドキッとしただけで、まだ大丈夫……）

落ち着くために深呼吸をする。

高鳴る鼓動を抑えるのに苦労した。

馬車が学園に到着する。

私はノクスから顔が見えないように歩く。

だからこそ、私は気がつかなかった。

遠巻きから憎らしげに私を睨みつけている目に。

＊＊＊

そしてネックレスをもらってから数日、私のそばにはずっとノクスがいた。なぜかはわからないけれど、リリスと食事をとっている時でも、登下校する時でも変わらず彼は私と一緒にいたがった。

そして私は、可愛いものをつける自信がなかったのが嘘のように、今では彼にもらったネックレスを毎日身につけている。エリオットとは違って、ノクスは私を褒めてくれるので、自然とネックレスをつけたくなるのだ。

しかし生徒会の関係や、王族という立場上、どうしても私につきっきりでいることはできない。

そしてノクスが私の近くにいない時、それは起こった。

私が廊下で一人になるやいなや、向かい側からマリベルとその取り巻きがやってきて、私を取り囲んだ。

「セレナ様、少しお話よろしいでしょうか」

「マリベル様から話があるようなのです。付いてきて頂けませんか？」

「えっと……嫌です」

私は至極当然の反応を返す。

「公爵家であるマリベル様のことを断るというのですか！　失礼ですよ！」

近くにいたマリベルの取り巻きが叫んだ。見れば先日昼食時にやってきて、私たちに追い返された彼女たちだった。今度はマリベルの公爵家の権力を笠に着て仕返しにきたということだろうか。

（公爵家の名前を使っても貴女が偉くなった訳ではありませんよ）

私は心の中で忠告する。

（面倒だ。このままだと断れそうにない……）

同時に、私は冷静に分析する。

現在、マリベルたちは私を取り囲んでいる。もし私が無理にその輪を抜けようとしたら肩をぶつけて、「暴力を振るわれた」とでも喚くつもりだ。

そうなれば私は加害者となり、マリベルは被害者となる。

曲がりなりにも、マリベルのシュガーブルーム家は私よりも爵位が高く、権力を持っている家だ。当然私の家とマリベルの家で争いが起こった場合、勝つのはマリベルの家となる。

だから、争いのきっかけをあちらに与える訳にはいかないのだが、マリベルはそれを利用して私に命令を強要するだろう。

ノクスが忠告してくれたのに、直接的に接触してくることが予想できなかったことを反省する。

ただ、私としても予想できなかった理由はある。

マリベルの家は現在私の家に対して加害者の立場であり、慰謝料や謝罪を求めている今、私とマリベルが接触すると色々と問題が起こるので、普通は接触しないように言われるはずだ。

だから、こうも直接的な手段を取るとは思っていなかったというのもある。一般的な常識があるならの話だが。

考えてみれば、マリベルは他人の婚約者を奪おうとする常識の通用しない人間だった。

これは一般的な貴族の常識で考えていた私の落ち度とも言える。

（こんなに生徒がいる中で取り囲んで脅迫するなんて……）

マリベルの取り巻きは男子生徒も含めると優に十人を超える。

このまま大人しく付いていったら何をされるかわかったものではない。

せめて、誰かに伝えたいのだが……

私は辺りを見渡すのだが、誰もが私から目を逸らして目を合わせようとはしない。上位貴族の揉め事に首を突っ込みたくないという考えはとても共感できるので、しょうがないと言えばしょうがないのだが。

その中で、一人見知った顔を見つけた。

先日婚約者であるヴァンから脅されているところを助けた、男爵家のジュリエットだった。

ジュリエットは私と目が合うと、びくりと肩を震わせた。

そしてすぐに方向転換して、急ぎ足で去っていってしまった。

逃げられてしまった。

まあ、私も見返りが欲しくて助けた訳じゃないので、別にジュリエットを恨むことはない。

「あなた、もしかして公爵家である私に逆らうの？」

案の定、マリベルは権力を使って私を脅してくる。

これを断れば私が不敬だとして難癖をつけてくるのだろう。

「分かりました。話を聞くだけなら」

私はしょうがなくマリベルの後に付いていく。


そして私たちが人気のない廊下までやってくると、前を歩いていたマリベルは振り返った。

「単刀直入に言いますけど、ノクス様から手を引いて頂けませんか？」

「それはどういうことですか？」

「そのままの意味です。ノクス様から離れて下さい」

随分と直接的な言葉で言うな、と思った。

言葉を取り繕えないくらいに焦っているのだろうか。

「どうやってあれほどノクス様に取り入ったのかは分からないですけれど、ノクス様には公爵家の私が相応しいのです。それに私の方がノクス様と親しいですし」

「そうなんですか？」

「そうです。私の方がノクス様に相応しいに決まってます。だって、私は公爵令嬢なんだから」

私は首を傾げる。

マリベルの認識と私の認識に大きな食い違いがあったからだ。

「ノクス様はマリベル様に付き纏われていて困っている、とおっしゃられていましたが」

「なっ……!?」

笑みを浮かべていたマリベルの表情が歪む。

あ、しまった。

マリベルの自慢が鬱陶《うつとう》しくて、つい本当のことを話してしまった。

まあ良いだろう。別にマリベルのことを嫌ってることを隠してはいないようだし、先日面と向かってそう言われていたのだから。

私はただ事実を言ったのだが、それに対して反発する人間もいた。

「嘘をつくな！」

「そうよ！　マリベル様はノクス様と親しいのよ！」

私の言葉に反発したのはマリベルの取り巻きだった。マリベルの取り巻きは私の言っていることが嘘だと断定する。よほどマリベルの言葉を信用しているのだろう。

「いや、ですが先日『二度と目の前に顔を出すな』と言われたところではないですか。ノクス様と本当に親しいなら、そんなことは言われないんじゃないですか？」

「それは……」

私に至極当然のことを指摘されて、取り巻きたちは反論できないようだった。

マリベルはこの流れはまずいと感じとったのか、慌てて話を軌道修正しようとする。

「と、とにかくノクス様から手を引いて下さい！」

「そう言われましても……」

手を引くも何も、私とノクスは婚約者で、マリベルはただの他人なのだから手を引けなんていうのはお門違いも甚だしい。マリベルたちは私とノクスが婚約者であることを知らないので、当然と言えば当然なのだが。

「私に手を引け、と言いますが、なぜ正々堂々と勝負なさらないのでしょうか？」

「え？」

「だって、マリベル様はノクス様のことを狙っているのでしょう？　それなら、こんなに大勢で囲って脅すより、正々堂々と勝負すれば良いではありませんか」

「脅すだなんてそんな……」

　マリベルが急にいつもの小動物のような雰囲気を漂わせ、私の言葉に傷ついたような表情になる。

「流石にその言い分は通用しませんよ。大人数で取り囲むことが脅迫でないと誰が信じるのでしょう？」

　本来なら、ここでさっさと断って話をそれきりにするべきなのだが、私はそうしなかった。

　これは散々今までマリベルに困らされてきた、私からの一つの復讐のようなものだった。

「お言葉ですが。こんなに大人数で取り囲んで一人を脅す前に、するべきことがあるのでは？」

　例えば、少しでもノクスの印象を良くしようと先日のことやこれまでのことを誠心誠意謝罪したり、できることはいくらでもある。

　それをしないのは、マリベルの目的がノクスと婚約することだからではない。

　マリベルの本質はただ誰よりも上の地位に立つことで、他者を見下したいだけだ。

「そういえば、マリベル様は私よりも自分の方がノクス様に相応しいと、おっしゃられてましたよね？　もし、本当にマリベル様が私よりも魅力があるとおっしゃられるなら、当然できますよね？」

言外に「絶対にできないだろう」というニュアンスを含めて私はそう言った。

これはマリベルに対する挑発だった。

「っ！　この……！」

するとマリベルは驚くほどこの挑発に乗っかった。

マリベルは手を振り上げ、私の顔を打とうとした。

しかしその時。


「何をしている！」


厳しい声が響き渡った。

私は声の方向を振り向く。

そこにはノクスとジュリエットが立っていた。

ジュリエットは苦しそうに肩を上下させていた。

恐らく、走ってノクスを呼びに行ってくれたのだろう。

ジュリエットが逃げたと思ったのはどうやら私の勘違いだったらしい。

私は心の中でジュリエットが逃げたと思ったことを謝罪する。

マリベルは青い顔になって、ノクスへと言い訳をしようとした。

「あの……これは……その……」

「何をしようとしていたのかを聞いているんだ。まさかセレナに手を上げようとしていたのか！」

ノクスはマリベルに詰め寄る。

「二度と俺のセレナに近づくな。いいな」

ノクスはマリベルの瞳を覗き込み、そう言った。

マリベルはノクスに恐怖しているのか、真っ青な表情のまま無言でこくこくと頷いている。

「去れ」

ノクスにそう言われた瞬間、マリベルとその取り巻きは一目散に逃げていった。

マリベルが逃げた途端、ノクスが心配そうな顔で私の頬に手を当ててくる。

『俺のセレナ』という言葉のせいで顔が熱くなっていないかどうかが心配だった。

「セレナ、怪我はないか」

「は、はい、私にはどこも怪我はありません」

「良かったです……！」

ジュリエットが安心したような声を上げた。

「私、セレナ様が連れて行かれるのを見て、居ても立っても居られなくて……！」

「本当にありがとう」

私はジュリエットに感謝する。

ジュリエットがノクスを呼んで来てくれたおかげで助かった。

「あ、あの、それで……」

ジュリエットがもじもじとしている。

「私、もう行かせてもらいますね……！」

ジュリエットはそう言うと急ぎ足でその場を去っていった。

最近話すようになって分かったのだが、ジュリエットは人見知りな性格のようだ。そのジュリエットには私と第二王子のノクスがいるこの場は、とても緊張するものだったのだろう。

その場からジュリエットがいなくなると、ノクスはため息をついて眉を顰めた。

「それで、申し開きはあるか？」

ノクスが腕を組んで、説教モードに入った。

「なんでマリベルたちに付いていった。奴らに気をつけろと言ってただろ」

「う……それはそうですけど……で、でもノクス様がこんなに近づかなければそもそも問題は起こらなかったんじゃないですか？」

そもそも、マリベルたちがこんなに焦って私に接触しようとしてきたのはノクスが私と親しくしているところを見たからだ、ということを非難の意味も込めて言い訳してみる。

「セレナに最近ついていたのは、俺と一緒にいる前からシュガーブルームが何かしようとしているという情報があったからだ」

「えっ？」

「なぜ不思議そうな顔をしている。俺はちゃんと言っただろ。最近シュガーブルームが集まって何かしようとしていると」

「あっ……だから最近私のそばにいたんですか？」

「そうだが」

　ノクスは至極真面目な顔で答える。

　いや、確かによく考えればそう捉えることもできるかもしれない。でも、私は無意識のうちにそう考えるのを避けていた気がする。

「確かに周囲に婚約のことがバレる心配はあった。しかしセレナの身に危険が及んだら元も子もない。加えて公爵家のあいつの暴走を止められるのは俺くらいだ。だからセレナにずっとついていたんだが……気づいていなかったのか？」

「気づいてませんでしたよ！　ていうか、分かりにくすぎです！」

　私はノクスに抗議する。

　流石にノクスの言い方で分かる訳がない。

「それはすまなかった」

「いえ、これからは気をつけて頂ければいいので……」

「だが、これで分かっただろう。やはりセレナの身を守るためにも、俺が近くにいた方がいい。これからも学園での交流と登下校の送り迎えは俺がする。いいな」

「え、あ、はい」

　私は勢いに押し切られて頷いてしまったが、よくよく考えて首を傾げる。

（あれ？　なんで残念な気持ちになってるんだろ……？）

　今までより学園で一緒にいられて、その上守ってもらえると聞いて、本当なら安心するべきなのに、反対に私の胸はすぅっと冷えていった。

　しかしすぐにイヤイヤ、と思い直す。私とノクスの関係は偽装婚約。本当なら守ってくれるだけでありがたいのだ。

　だから、これ以上は望むべきじゃない。

第七章 ◆ 王家の婚約者は私（マリベル視点）

「セレナ・ハートフィールド！　本当に鬱陶しい女ね！」

学園からシュガーブルーム家の屋敷に帰って、自室に戻ったあと、私——マリベルは心の中の鬱憤をぶちまけた。

「なんなのよ！　最近ずっとノクスと一緒にいるじゃない！　どうしてあの女が良くて私がダメなのよ！」

セレナとノクスから受けた屈辱的な言葉を思い出し、ギリ、と歯軋《はぎし》りをする。

心を落ち着けるためにメイドに淹れさせた紅茶を飲んだが、全く効果がなかった。

「あんなのより、私の方が絶対に婚約者として相応しいはずなのに……！」

私は子供の頃から、王族の妻の地位は私にこそ相応しいと思っていた。

公爵家。優れた容姿。私が一番適任なのは一目瞭然だった。

そして五歳の頃、第二王子のノクスが初めて貴族社会に出る、お披露目のパーティーで、彼を見た私はその幼いながらに整った容姿のノクスを素晴らしいと思った。

絶対に、私が婚約者となるべきだ。

すぐに私は父にノクスと婚約させてほしいと頼んだ。父は可愛い娘である私のお願いをあっさりと聞き入れ、国王にノクスと私の縁談を持って行った。すぐに国王様もこの縁談を受け入れてくれるだろう、と父は言っていた。

しかし、その縁談は断られた。ノクスの意向によるものだそうだ。

こんなに可愛くて、家柄も言うことはない私との縁談を断るなんて信じられない。

それから五年間、時間をおいて何度もノクスに婚約を申し込んだ。

公爵家の私が何度も婚約を申し込んでいることは公然の事実となり、公爵家である私を差し置いてノクスに新たに婚約を申し込む令嬢は一人もいなかった。本当は何人かいたが、権力を使って家を潰すなり、社会的に終わらせてあげた。すでにノクスは私のものだ。それなのに人のものに手を出す方が悪い。

公爵家で、見目もいい私の婚約の申し込みを断り続けるのも難しい。婚約を申し込むたび、次第にノクスが押されていくのが分かった。

私は心の中で笑みを浮かべていた。

あと少しで婚約を結べるところだった。

だが、十歳になったある日、ノクスは人が変わったようにキッパリと縁談を断り、これからも婚約を受けるつもりがないことを宣言した。

青天の霹靂《へきれき》とはまさにこのことだった。

あと少し、あともう少しでノクスと婚約を結べるところだったのに、失敗した私は余計にノクスに執着するようになった。

しかし、私はまだ焦っていなかった。

私以外に婚約を申し込む令嬢はいないし、私の家柄がある以上、いつかは婚約を受け入れざるを得ないはずだ。

はずだった。

「でも、このままじゃノクスを奪われる……！」

急に現れたセレナという女が、私以上にノクスと親しい間柄になっている。

私が流したノクスと私が親しいという噂も疑われはじめている。

「最初は地味な女から婚約者を奪って楽しむつもりだったのに、こんなことになるなんて……！今まで隠していたのね、あの女……！」

地味な令嬢から一転して私かそれ以上に美しくなったセレナを思い出す。

私とセレナが出会ったのは、半年前の入学式のことだ。

私の印象では、セレナは地味な令嬢だった。

その地味な女の婚約者であるエリオットは、私が話しかけるとすぐに私を好きになった。

婚約者の令嬢に魅力がない令息は、すぐに奪うことができるので楽しい。少し優しくするだけでコロッと落ちるし、男って単純でほんとに面白い。私が男を周りに侍らせているのは、単純に貴族の令息に持て囃されるのが楽しいのと、令嬢たちの嫉妬する様子が面白いからだ。

セレナも他の令嬢と同じように、私にエリオットを奪われて嫉妬しているようだった。

でも、どれだけ抗議されたって、泣くフリをして私に言いがかりをつけてきた令嬢の名前を出すだけで、私の取り巻きたちが正義漢ぶって相手を攻撃してくれる。本当に使いやすい駒だ。

「だけど、足りない……！」

今のままではセレナを追い詰めることができない。それに、セレナたちも最近、私に婚約者を奪われた令嬢たちを中心にコミュニティを作っているようだ。

私がノクスの婚約者になるためには、圧倒的に味方が少ない。

ノクスとセレナが初めて一緒に登校するのを見た日から、私は取り巻きの令嬢や令息を使って嫌がらせや調査をさせた。

でも二人の関係がどう始まったのかも分からなければ、セレナに嫌がらせをしてもリリスかノクスが庇うように出てくる。それにセレナ自身も以前とは人が変わったようにはっきりと言い返してくる。埒《らち》が明かないので私自らセレナに詰め寄ったら、ノクスに怒られてしまった。

「もっと、もっと手駒を増やさないと……！」

私は髪を掻きむしり、ベッドの下に隠してある木箱を取り出した。

木箱の蓋を開けると、そこには紫色の液体が入った瓶があった。

中の液体は少し減っているが、まだ何本も新しい瓶は箱に入っている。

「ふふ……これさえあれば、誰だって手駒にできるんだから……！」

第八章　隠していた本当の気持ち

マリベルたちに囲まれて脅された日を境に、マリベルは人が変わったように大人しくなった。

以前のようにノクスにつきまとうこともなく、私にも接触してこない。

その代わり、侍らせている人間が日に日に多くなってきている。

意外だったのは、婚約破棄された男性のほとんどがマリベルから離れていかなかったことだ。

マリベルに対してよほど心酔しているのか、それとも他の理由があるのかは分からないが、マリベルの取り巻きはほとんど顔ぶれが変わっていなかった。

ただ、動きが見られないというのもそれはそれで気持ちが悪い。何を考えているのか分からないからだ。

そうして、私とノクスはマリベルに対して気味悪さを感じつつも、日々を過ごしていた。


私とノクスは学園のカフェテラスで昼食後のお茶をしていた。

私は苺のショートケーキを一口食べる。口の中に甘い生クリームとイチゴの酸味が広がって、思わず頬に手を当てた。

「んー！　美味しい！」

その様子を見ていたノクスが何気なく私に質問してきた。

「そういえば、最近はずっとスイーツを食べているが、好きなのか？」

「んぐっ⁉　……なんですか。ダメですか」

「いや、食べるのは良いことだ。だが、よくそんなに食べて……」

ノクスは何かを言いかけて口を閉じる。

察しの良い私はノクスが何を言いかけたのかを理解した。

「……ノクス様」

私はニッコリと笑顔を浮かべて名前を呼ぶ。

「なんだ」

ノクスは冷え冷えとした笑顔を受けてもすまし顔でコーヒーを飲んでいる。

「今、何をおっしゃられようとしましたか？」

「別に、なんでもない」

「まさか『太る』なんて言おうとはしてませんよね？」

「……も、もちろんだ」

ノクスが目を逸らした。

「いいですか、ノクス様」

椅子を立ち上がって笑顔のままノクスに顔を近づける。

ノクスは目を逸らしたままだ。

「絶対に女性に対して『太る』なんて言葉を使ってはいけません。いいですね」

「あ、ああ。分かった。分かったから」

「いいでしょう」

私はノクスから顔を離す。

とりあえず、不問にしてあげることにした。

「私がこんなに甘いものが好きなのはしょうがないんです。確かに甘いものも好きなんですけど、私が甘いものをたくさん食べたくなるのは仕方がない事情によるものでして……」

私は必死に言い訳を始める。しかしなんだかノクスの私を見る視線が生温かい。

むむ、まずい。このままでは不名誉を被ったままだ。

ちゃんと私の話を聞いてなかったのかもしれない。

「甘味はストレスを解消するのにとってもいいんです。ノクス様も一度体験してみるといいです」

そしてこれ以上はなんだか不名誉な称号を付けられているような気がするので、私はとりあえず話を変えることにした。

「それにしても、マリベル様はずっと大人しいですね」

「そうだな。俺も意外だ。あいつの性格から考えて、我慢できずに俺かセレナに近づくと思っていたんだが」

「両親から何か言われたのでしょうか」

すでに私の家からも、今回婚約破棄することになった家からも慰謝料の請求がされているはずだ。その対応に追われているシュガーブルーム家からすれば、さらに加えて面倒ごとを起こしてほしくはないだろう。

「おそらくそうだろう。もう面倒ごとを起こさないように注意されたのか、それとも何かを仕組んでいるのか……どちらにせよ、俺が一緒にいれば大丈夫だ」

そこまで言って、ノクスが何かを思い出したように顔を上げる。

「ああ、そうだ」

「なんでしょうか」

「休日、予定は空いてるか？」

「休日ですか？　どこかへ出かける予定でもあるんですか？」

「ああ、少しな」

そう言ってノクスは二枚のチケットを取り出した。

「最近話題の劇団のチケットが手に入ったんだが、今週末一緒に行かないか？」

「今週末ですか……」

私は少し言葉に詰まった。

ノクスのお誘いは嬉しいが、断らざるを得ない。

「申し訳ありません。お誘いは嬉しいのですが、その日はもうすでに用事が入っておりまして」

私はノクスの誘いを断る。

「そうか……それは仕方がないな。この話は忘れてくれ」

＊＊＊

そして週末になった。

この日は友人と街へ出かけることになっている。

私の親友である公爵令嬢のリリスだ。しゃなりと涼しげな銀髪に、湖畔の女神かと思うような美貌を持つリリスは学園で男性女性を問わず憧れの的だ。

しかし今日は――

「いつ見ても本当に似合うね。リリスのそれ」

「ええ、そうでしょう？　どう、別人に見えるかしら」

待ち合わせ場所の噴水のある広場にやってきたリリスを見て、私は感嘆の息を漏らす。

銀髪をまとめ上げて金髪のウィッグに入れており、服装はシャツとジャケットにズボンというラフな服装。

今のリリスはどこからどう見ても男性にしか見えなかった。しかもとびきり美形の。

私もリリスが口を開かなければ初見でリリスだとは分からなかっただろう。リリスはそれなりに背も高く、今は厚底の靴を履いているので、もう男性にしか見えない。

私も今日は全くの別人に見えるような、変装メイクをメイドにしてもらっている。亜麻色の髪をポニーテールにして、パンツスタイルのどちらかといえば活発なイメージの服装をしている。

街中で男性のように見えるリリスと歩いていて、変な噂が立つのはノクスにも申し訳ないからだ。

「最近、私に構ってくれないから、今日は私が独り占めするのよ」

「そうなんだ」

「……」

リリスの独占欲に聞こえるような言葉はいつも聞く冗談なので、聞き慣れた私はサラッと流す。

何か言いたそうにしていたリリスだが、私は先に気になっていたことを尋ねる。

「でも、なんでいつもそんなにバッチリ変装してるの？」

「前に言ったじゃない。セレナと一緒よ。正体がバレたくないから男装してるのよ」

「確かに正体はバレないだろうけど……」

今のリリスは全くの別人だ。

上位貴族が街中を歩いていて、通行人を不意に驚かせてしまう、なんてことはないかもしれない。

「これだけ変わってたら絶対にバレないでしょ？」

「確かにそうだけど……」

その代わりとっても目立ってるんだけど……

さっきから通行人の視線がとても痛い。

特に女性からの視線が多い。もちろん向けられているのはリリスだ。皆リリスを見て頬を赤ら

めている。リリスは目を引くような美少年に変化しているので、その注目も仕方がないとは思うのだが……

　まあ、リリスは私と出かけるたびに男装してくるので、私もだいぶ慣れてきた。

　それに私は知っている。

「本当は男装が好きなだけでしょ」

「……それもあるけど」

　正体がバレないように、という理由も本当なのだろうが、リリスは男装そのものが好きなのだ。親友なんだし、見ていれば分かる。ただ、世間から見ればまだ女性が好んで男装するというのは奇異の視線で見られることが多いので、リリスは公にはしたがらないが。

「私はなんとも思わないよ」

「ありがとう、セレナ。貴女のそういうところに本当に感謝してる」

　リリスの大げさな感謝を受け流すと、私とリリスは街を歩き始めた。

　男性に見えるように、表情や仕草、話し方までも変えているリリスは、キラキラと光る笑みを私に向ける。

「それで、今日はどこに行くの？」

　私はリリスに質問する。

　リリスは顎に手を当てて考える。

　そんな仕草も恐ろしいくらいにハマっていて、不意にどきりと心臓が跳ねた。

「今日の予定は前からセレナが行きたがってたパフェのお店に行って――」

「あ、ごめん。そのお店はもう行ったんだ……」

ノクスと偶然会った日、もうパフェは食べてしまったのだ。

「……」

またリリスが何か言いたそうな目で私を見つめていた。

「ご、ごめん。その時の流れでつい食べることになって……」

私はリリスに謝る。するとリリスは案外すんなりと許してくれた。

「別にいいけど。じゃあ、他の店に行こうか」

「分かった」

私はリリスに断りを入れずにパフェを食べてしまった手前、罪悪感からその言葉を受け入れた。

リリスに連れられてきたのはこれもまた、あのスイーツが網羅されている本に載っている、有名な店だった。

店の中に入った途端、店内の視線が一気に私たちに注がれる。

「セレナは何を食べる?」

「私は紅茶と……ラズベリーのケーキを……」

「私もそれにしよう」

リリスは男装している時も一人称が変わらない。女性の時と一人称は同じで、少し口調が変わるだけなのに、その世間から隔絶されたオーラを放つ男装姿のおかげで、不思議と違和感がなかった。

リリスと私は店員に注文して、おしゃべりをしながら注文した紅茶とケーキを待つ。

しばらくすると頼んだものが運ばれてきた。

リリスはやってきた紅茶を飲む。

その仕草一つまでもが洗練されており、改めて見ても完璧な男装だなと感心させられる。

店内の女性の視線はすでにリリスに釘付けになっており、ついでに私にもその視線は注がれている。こんな美少年の隣にいるのはどんな女だ、と値踏みするような視線だ。幸いにも試験には合格したようで、すぐに私からは視線が外れていった。

「そういえば、最近ノクス様とはどうなの？」

「どうって言われても……」

「何かここが悪いとか、改善してほしいところとかないの？」

どうしてそんなことを質問するのか気になったが、多分いとことして気になるのだろう。

「改善してほしいなんて……どちらかと言えば、私の方がもらってばかりで……。あの、リリス、相談に乗ってもらっていい？」

「いいよ」

私はここ最近の出来事を思い出していく。

偽装婚約として始まった、私たちの関係。

それまで他人だったはずなのに、真っ直ぐに私を褒めてくれて、両親や親友にも隠していた、ちょっとだけナルシストで、割とはっきりものを言って、それでいて可愛いものが好きな私を見抜き、そこを良いと言ってくれたこと……

　そうした日々を過ごす中で、いつまで経っても理解できないのは、ノクスの本心だ。

　偽装婚約してから数週間が経つとはいえ、どうして私にそこまでしてくれるのだろう。

「ありがとう…………その、ね、婚約をしてから、ノクス様の距離が近いというか、やけに私を褒めてくれたり、守ってくれるの。これってどう思う？」

「セレナは嫌なの？」

「ううん！　全然そんなことない！　どちらかと言えば……嬉しい、くらいだし」

　頬が赤く染まっている自覚があったので、私は紅茶を飲みながら顔を逸らす。

　リリスはそんな私を見て微笑んだ。

「そっか、それなら別にいいんじゃないの？　だって、嬉しいんでしょ？」

「それはそうなんだけど……私ばっかりもらってる気がして、悪いような気がして……」

「それは気にすることはないと思うけどな。だって、ノクス様、責任感が強い性格だし」

「うん、それは私もそう思うけど、でも私とノクス様の婚約は偽装なのに……」

「私が見るに、ノクス様は自分から持ちかけた婚約だから、セレナには婚約のことで嫌な気持ちにさせたくないんじゃないかな。セレナを守るのは自分の義務だと思ってるんだよ」

　その瞬間、私の胸に先日ノクスに「守る」と言われた時と同じ、鋭い痛みが走った。

（ああ、そっか……。私、ノクス様のこれまでの行動が全部責任感のせいだって思うのが嫌なんだ……）

「どうしたの？」

黙ってしまった私の変化を察して、リリスがどうしたのかと尋ねてくる。

「あ、えっと……全部責任感なんだって思うと、変な気持ちになっちゃって……」

「ああ……なるほど」

リリスは私の言葉を聞いて納得したような声を出すと、

「あのね、セレナ。確かにノクス様は責任感が強いけど、誰に対してもそうじゃないよ。大切に思ってる相手だけ」

「そうなの？」

「そうだよ。それに私、人に心を許さないノクス様がこんなにセレナと一緒に過ごすのを見て驚いたぐらいだから。あの人、ただの責任感であそこまでできるほど器用じゃないよ」

「そ、そうなのかな……」

「そうだよ。昔から見てる私が言うんだから間違いないよ。だからセレナはノクス様にもらっておけばいいと思う。嫌じゃない限りはね」

リリスも紅茶を飲む。

そしてカップを置くと、イタズラめいた笑みを浮かべた。

「それか、セレナに一目惚れしちゃったんじゃない？　ノクス様」

「へえっ⁉」

　思わず変な声が出てしまった。

「そ、そんなノクス様が私に一目惚れなんて……あり得るかもしれないけど！　だって私とびきり可愛いし！」

「ははっ、セレナのそういうところ、私はやっぱり好きだな」

「でも、現実味がないよそんなの……」

「じゃあ、もしもの話、ノクス様が本当にセレナを好きなんだとしたらどう？」

「どうって……嫌じゃないけど……」

「そっか。それは良かった」

「良かったって、どういうこと？」

　リリスの意味が掴めない言葉に、どういう意味か私は尋ねる。

「さて、どういうことでしょう」

　リリスは不敵な笑みを浮かべて、疑問には答えてくれなかった。

　そしてカフェから出ると私とリリスは歩きながら、次はどこに行こうかと話す。

「次はどこに行くの？」

「服を見に行こうかな」

　私が質問するとリリスがそう答えた。そしてスッと腕を差し出してくる。

私は何も言わずにその腕に自分の腕を添える。これはナンパを防ぐためだ。主にリリスへの。

そうして、私とリリスが腕を組んで歩いていると……

「あ」

「ん？」

街中でノクスと出会った。

この大通りは人混みで混雑してるのに、それでもノクスは一際目立っていたので、すぐに私はノクスだと分かった。

ノクスは目を見開いて固まっていた。その目は隣に立つリリスへと向けられている。

「どうしたの？」

急に声を上げて立ち止まった私を、心配そうにリリスが覗き込んでくる。

そして私の頬に手を触れようとして……

「おい」

ノクスの冷ややかな声が響いた。

顔を上げると、冷たい目をしたノクスが私とリリスの目の前に立っていた。

ノクスはリリスを冷たく一瞥《いちべつ》すると、私の腕を掴む。そして無言で、腕を引っ張った。

「きゃっ」

いつもは優しく接してくれるノクスから、急にそんな強引に引っ張られて、私は思わず声を上げる。しかしノクスは止まらず、私の腕をそのまま引っ張ってリリスから引き離した。

ノクスの腕の中にすっぽりと収まる。

「付いてこい」

ノクスが耳元でそう囁いた。

有無を言わせない声色だった。


そしてノクスは私の腕を掴みながら、あっという間に人気の少ない路地裏まで連れてきてしまった。どうやらリリスは人混みに紛れて、私とノクスを見失ってしまったようだ。

路地裏を少し進んだところでノクスは立ち止まる。

そして振り返ると、冷たい瞳のまま無言で私を見つめていた。

「あの……ノクス様？」

私は恐る恐るノクスに尋ねる。

次の瞬間。

ノクスが私を壁へと押し付けた。同時に左手を壁へとついて、私の逃げ場をなくす。

ノクスの顔が至近距離にある。

アイスブルーの美しい瞳が、私の瞳を捉えている。

「あれは誰だ」

ノクスが耳元で私にそう質問した。

私の耳にノクスの息がかかって、私は体をすくめる。

耳から流れ込んでくる声はとても甘く、脳が痺れるような感覚を覚えた。

「そのっ……あの人は……」

「まさか、今日の予定はアイツと出かけることだったのか」

きちんと理由を話して断ったものの、どうしても罪悪感は覚えてしまう。

「それは……そうなんですけど……」

「…………そうか」

ノクスは残念そうな顔で私から離れる。声色からノクスは何かに怒っているらしいが、私は何に怒っているのかが分からない。ただ、ノクスが少し不機嫌であることは確かだ。

私は困惑していたのでノクスに質問する。

「あの、ノクス様。いったいどうされたのですか?」

「どうしたって……それは……」

ノクスは言葉を詰まらせて、そして深呼吸しながら首を振った。

それは自分を納得させるような一連の儀式のように見えた。

「いや、そもそもそういう話だったな。お互いに好きな奴ができたらこの関係は終わり。俺が責める筋合いはない。すまなかった、セレナ」

ノクスはそう言って私に謝ってきた。唇を引き結んで、何か言いたいことを我慢しているような、それでいて深く傷ついた表情をしていた。

「え?」

ここで私はノクスに勘違いされていることに気がついた。

今のリリスの格好はどこからどう見ても男性であり、そんな美少年になったリリスと私は腕を組んで街中を歩いていたのだ。まさにはたから見ればカップルに見えただろう。だが、だとしてもノクスと私は偽装婚約なのに、どうして私と他の男性が一緒にいるところを見て、ノクスが不機嫌になるのだろう？

「あ、あの、ノクス様……」

「大丈夫だ。俺は約束を守る。きちんと今週中には婚約解消の手続きを取ろう。俺が国王に掛け合えば、この婚約をそもそも白紙に戻して、経歴に傷がつかないようにすることもできるだろう」

「そうじゃなくて、聞いて下さい！」

ノクスの腕を掴みながら叫ぶ。

ノクスがびっくりしたような顔で私を見つめている。

この隙にきちんと真実を伝えなければならない。

「あの人は、男性じゃないんです！」

「…………ん？」

ノクスは眉根を寄せて首を傾げた。

私もおかしなことを言っている自覚はあるが、それ以外に説明しようがないのだ。

「ああもう、ちょっとこっちへ来て下さい！」

私はノクスの腕を掴むと、強引に路地裏から抜け出して人通りの多い道へと出てきた。

そして私はリリスの姿を探す。

リリスはすぐに見つかった。うっとりとした女性たちが遠巻きにリリスを見ているせいで、道の真ん中にぽっかりと穴が空いたようになっていた。リリスはキョロキョロと心配そうに辺りを見渡して、私がどこにいるのかを探しているようだ。

「レオン！」

リリスの男装時の別名を呼ぶと、リリスがこちらを向いた。

「セレナ……！」

リリスは安心したような顔で私に駆け寄ってくる。

「ちょっとこっちにきて！」

「え？　ちょっ」

私はリリスの腕を掴むと、また強引に引っ張ってさっきの路地裏までやってきた。

私は未だ戸惑った様子のノクスから少し距離をとって、リリスに事情を説明する。

するとリリスは納得したような表情になった。

「なるほど、それなら事情を説明しても大丈夫」

「いいの？」

私はリリスに本当に男装をしていることを明かしてもいいのかと尋ねる。

「いいのよ。別にノクス様なら私のことを下手に吹聴しないでしょうし」

私はリリスから了承が得られたので、ノクスに説明する。

「あの……実は、この人は男性じゃなくて、女性なんです」

「え？」

「私ですよ、ノクス様」

「まさか……お前、リリスか？」

ノクスはレオンの正体が男装したリリスだと気がついたようだ。

ノクスは目を見開いてリリスを見ている。

「お前……男装していたのか。どうりでどこかで見た顔だと……」

「もしかして、私が他の男性と一緒にいると思って嫉妬しましたか？」

私はイタズラめかしてノクスに質問する。

「…………さあな」

ノクスは目を逸らしてそう言ったが、答えは一目瞭然だった。

冗談のつもりだったのに、そんな反応が返ってくると思ってなかった私は激しく動揺した。同時に、ノクスのその子供らしい仕草が可愛らしくて、心の中の動揺とニヤける頬を抑えるのに必死だった。

「ノクス様はリリスが男装していることを知らなかったんですね？」

私が質問するとノクスは首を横に振った。

「ああ……俺は知らなかった」

「貴方に話す訳ないでしょう」

「俺たち、幼馴染だよな？」

「だからなんです？　貴方だって私に見せてない一面があるでしょうに」

「それはあるが……」

「親しき仲にも礼儀あり、です。…………絶対に今日見たことは誰にも言わないで下さいよ」

リリスがギロリとノクスを睨みつける。

「はいはい、分かったって。王家の名に誓うよ」

そんなリリスの眼光を受けてもノクスは飄々《ひょうひょう》とした顔で肩をすくめていた。

なんだか、リリスとノクスからは私が入り込めないような空気が出ていた。それにノクスの口調もいつもと違う。

ノクスとリリスが仲良くしているところを見て、私は少しモヤッとした気持ちになった。

もしかして、ノクスも同じような気持ちになっていたのだろうか。

そして、私は少しモヤモヤしながら、とあることを思いついた。

「あれ？　そういえば」

「なんだ？」

私はある疑問をノクスに尋ねてみた。

「どうして一目見て私だと分かったんですか？　今日は別人に見えるようにしてきたのですが……もしかして、変装が失敗してましたか？」

　私は正体を隠すためのメイクをしていたはずなのだ。それなのにノクスは前回も今回も私の正体をひと目見ただけで見破った。まさか、メイクが失敗しているのだろうか。

　そう思って尋ねたが、ノクスは首を横に振る。

「いや、それは大丈夫。しっかりと正体は隠せていた。俺が保証しよう」

「では、どうしてノクス様は私のことを……」

「…………好きな奴の顔くらい、どんなに変装しても分かる」

「……へっ？」

　思わず私は顔を上げてノクスを見た。

　しかしノクスは明後日の方向を向いている。

「ではな」

　ノクスはそれだけ言い残すと去っていった。

「……あらら」

　リリスがポツリと呟いた。

　私はぽかんとして、その場に立ち尽くしていた。

第九章 ◆ 五年越しの片思い（ノクス視点）

俺がセレナ・ハートフィールドと出会ったのは俺が十歳になった頃だった。

当時、俺はマリベル・シュガーブルームにしつこく婚約を迫られていた。公爵家であるマリベルが俺に婚約を申し込んでいるせいで、他の貴族の家は俺に婚約を申し込むのを遠慮して、マリベル以外に婚約を申し込んでくる相手がいなかった。

王族の使命として、婚約をしないという選択肢はない。

このまま他の婚約者候補が現れなければ、いずれはマリベルと婚約することになるだろう。だが、それはどうしても嫌だった。

俺は幼いながらにマリベルに対して不快な印象を抱いていたからだ。

マリベルは俺を一人の人間として見ていない。自分を王族にのし上がるための道具程度にしか思っていないのは、目を見れば分かる。あんな奴と婚約すれば、幸せな人生を送れそうにないことは分かっている。

だが、俺のマリベルへの感情はごく個人的なものだ。王族には子孫を残すという使命がある。

それにマリベルははたから見れば公爵家で、外見だけ見れば魅力的な令嬢なので、世間からの評判も高い。

王族としての使命と、マリベルへの個人的な嫌悪感の板挟みで俺は揺れていた。

そこに希望をくれたのは、セレナだった。


その日は、俺の十歳の誕生日。

俺の婚約者を選ぶパーティーが開催されていた。なかなか婚約者を選ばない俺をみかねて、父上が俺と年齢の近い令嬢を集めてパーティーを開いてくれたのだ。

気分は最悪だった。

マリベルは自分が婚約者であることを確信したかのような顔でずっと俺に付き纏ってくるし、このままではその通りになってしまう。

マリベルが婚約者になった未来を想像して、気持ち悪くなった俺はバルコニーで休んでいた。

すると、一人の少女が俺に話しかけてきた。

「そんなに落ち込んで、どうしたんですか？」

「ちょっと、婚約したくなくて……」

「そんなに婚約したくないなら、婚約しなければいいんじゃないですか？」

「え？　いやでも……」

「未来は自分で掴み取るものよ！　嫌ならご両親に聞いてみたらいいじゃない！」

「それは……」

思い返せば、確かに、俺は一度も父上に質問したことがなかった。

王族の使命として、受け入れるべきだと思い込んでいたのだ。
目の前にいる少女の言う通り、俺は自分で未来を掴み取ろうなんて、考えたことがなかった。
その時、心の中にあった重い塊のようなものがスッと消えてなくなったような気がした。

「……その通りだな。そうしてみるよ」

「うん、じゃないと誰かの言いなりになっちゃうからね。じゃあ、私はもう行くね！」

「あっ……！」

俺が目の前の少女の名前を尋ねる前に少女はどこかへ行ってしまった。

それから、俺はすぐにパーティーで出会ったあの少女の名を調べた。心の中に、もし相手がいないのならこちらから婚約を申し込もう、と淡い期待を抱いて。

しかし現実はそう甘くなかった。

セレナ・ハートフィールドという名前の少女にはすでに婚約者がいたのだ。

ノクス・レイヴンクロフトの初恋はあっけなく砕け散った。

正直に言って、かなりショックを受けた。へこんだ。一ヶ月は立ち直れなかった。だが、それでもこのセレナへの気持ちを捨てることはできなかった。セレナと結ばれることはできなくとも、想い続けていたい。

そう思って、父上に自分は婚約者を選びたくない、と伝えた。

「父上、俺は婚約者を選びたくないんです」

「そうか。ならば仕方がないな。第一王子と王女にはすでに婚約者がいるし、王家は盤石だ。無理に婚約する必要はない」

俺が予想だにしないくらいにあっさりと、父上は俺のわがままを許してくれた。

だから、俺はそれからずっと婚約者を選ばないでいた。

第二王子である俺がセレナに婚約を申し込めば今の婚約者との婚約を解消させて、俺と新たに婚約を結ばせることは可能だろう。しかし、俺に未来を掴み取ることを教えてくれた相手に、未来の可能性を潰すようなことをしたくはなかった。

ずっと俺はセレナを遠くから見つめているだけだった。

それでも、エリオットがセレナを幸せにしてくれるなら、それでいい。

そのはずだった。

しかしエリオットは学園に入ると婚約者のセレナではなく、マリベルに心を寄せるようになった。二人の関係が破綻しているのは部外者の俺から見ても明らかだった。

そして、ついにパーティーでセレナがエリオットに婚約破棄を突きつけている場面に遭遇した。

この時、セレナには申し訳ないが、チャンスだと思った。

婚約者がいなくなったなら、婚約を申し込んでも——

そこで俺の思考は立ち止まる。

俺が婚約を申し込めば、俺の王族という立場上セレナは婚約を受けざるを得なくなる。

セレナの自由を奪うようなことはしたくない。

俺が婚約を申し込むことができて、それでいてセレナが心変わりすればいつでもおしまいにできる関係。

そのために俺が考え出したのが、『偽装婚約』だった。


そして、セレナが偽装婚約を受け入れたために、俺とセレナの関係が始まった訳だが……

セレナとの婚約関係を始めてから、俺はセレナの魅力を思い知ることになる。

以前から知っていたが、セレナは顔が良すぎる。

街でセレナを見た時、心臓が止まるんじゃないかと思った。それだけじゃなく、カフェで笑顔と共にスプーンを差し出してきた時は、俺を殺すつもりか、と思わず言いそうになった。

たまに不意打ちで俺を悶《もだ》えさせてくる上に、本人は一切の自覚がないのだ。本当にたちが悪い。

それにセレナは驚くほど鈍感だ。俺がどれだけさりげなく好意を見せても、元から好意があったふうに装っていても、まるで気づいた様子がない。


今もそうだ。

壁に追い込んだセレナを見る。

セレナが他の男といるところを見た俺が嫉妬している理由が分からないらしい。

コイツ、ダメだ。

目の前のセレナを見てそう思った。俺がこれだけ思わせぶりな態度を取ったり、うっすらと気持ちを仄めかしているのに、全く気づく気配がない。

いや、それとも気づいているのに一線を守るために気づかないフリをしているのか？

どちらにせよ、後戻りできなくしてやる。

「…………好きな奴の顔くらい、どんなに変装しても分かる」

言ってやった。

セレナはポカンとしていたが、もう後戻りはできない。

途端に、頬が紅潮するのが分かった。

居ても立ってても居られず、俺はその場から離れた。

第十章◆本物の婚約者、念願の両思い

翌日、私はベッドの中でうなされていた。

ぐるぐると頭の中で昨日のノクスの言葉が回っている。

あの時の言葉だけがずっと頭の中で反復している。

「一睡もできなかった……」

あれから帰ったあとも、ずっとノクスの言葉の意味を考えて眠ることができなかった。

おかげで絶賛寝不足で、目の下には薄く隈ができている。

「昨日の言葉の意味って、本当はどういう……」

私はそう呟くが、結局のところ意味はもう十分すぎるほどに理解している。

どんなに考えても、あの状況ではやはり意味は一つしかない。

じゃあ、今まで私を学園まで送ったり、妙に私に優しかったのは、私を好きだったからで……

ノクスが私を好きだったというのは、とても驚いたが、嫌な気持ちにはならなかった。

それよりも、なんだか心がふわふわした気分になるというか……

考えている内に翌日になり、私はぼーっとしたままメイドに髪を梳《す》いてもらっていた。

「お嬢様、ノクス様がお越しです」

「えっ」

気がつけばノクスが私を迎えにくる時間になっていたようだ。

どうしよう。まだ心の準備ができていない。

「さ、ノクス様が待ってらっしゃいますよ。お待たせしてはいけません！」

事情を知らないメイドが私の背中を押して部屋から出させる。

そしてたちまちノクスが待つ応接室へとやってきてしまった。メイドは私に心の準備をする時間なんてくれずに、すぐに扉を開けてしまう。扉を開けて、私の姿を確認したノクスはソファから立ち上がった。

「セレナ」

ノクスの顔を見た私は息が詰まりそうになった。

どうしよう……いつもよりノクスの顔が輝いて見える。元々ノクスは顔が整っているのだが、今日に限ってはそれがより強い。

ノクスの仕草が、優しい微笑みが、全てが私の心を締め付ける。

私はとても緊張しながらノクスと顔を合わせたのだが、ノクスの方は全く緊張していなさそうな顔だった。

自然に私の手を取ると、あたふたしている私を屋敷の外へと連れて行き、馬車へと乗り込ませる。

たちまち馬車に乗せられた私はノクスと二人きりになって、何も話せないくらい緊張していた。

そんな私を見てか、ノクスは無理に私に話しかけることはなく、学園へと到着した。

そしてノクスは私を教室へと送り届けて。

授業の間に私に会いにきて。

昼休みになるとまた私に会いにきて。

学園での授業時間が終わるとノクスがまた私を馬車で屋敷まで送って。

夕食を食べたあと、そのままベッドで眠りについて。

そしてそのまま何事もなく一日が終わった。


「えっ？」

翌朝起きた私の第一声はそれだった。

あまりにも何も起こらなすぎて、私は逆に驚いていた。

昨日ノクスから聞いた言葉が嘘ではなかったのかと思うくらいだ。

いや、もしかして本当に昨日のことは私の夢だったのではないだろうか。

そう思った私は居ても立ってもいられず、放課後に生徒会のサロンの個室でノクスに質問した。

「その……聞いてもいいですか……!?」

「どうした？」

「せ、先日、ノクス様がおっしゃったことなのですが……」

「どれだ？」

ノクスは首を傾げる。

「その………私が………好きだと」

「それがどうした」

私は勇気を振り絞ってそう聞いたのに、ノクスは至って自然体だった。

「ほ、本当に……？」

「嘘をつく必要があるか？　俺は正真正銘、お前のことが好きだ」

「っ……！」

面と向かって好きだ、と言われて私の顔が熱くなっていくのが分かった。

「い、いつから私のことを……？」

「五年前だ」

「えっ……五年前？」

私はノクスの言葉を疑った。

「五年前にあったパーティーを覚えているか？」

「五年前のパーティーですか……」

確かに王家主催のパーティーに出たような気がする。

「ああ、五年前のパーティーで俺はお前に出会って、それから恋心を抱くようになったんだ」

「申し訳ありません。何も覚えていなくて……」

「いや、それも仕方がないだろう。あの時、俺はウジウジと悩んでばかりで、今とは別人だったからな」

「別人……」

ノクスがウジウジと悩んでいる姿なんて、想像できない。

「俺は当時、第二王子としての役目に悩んでいた。俺の兄と姉はすでに婚約者が決まっていたが、俺の婚約者はまだ決まっていなかった」

すると、ノクスの表情が暗くなった。

「そして、当時俺の婚約者の最有力候補はマリベルだった」

「それは……」

「俺は、どうしてもあいつと婚約するのだけは嫌だった。あいつが見ているのは俺の顔、地位、権力だった。婚約すれば、こんな奴と一生を添い遂げなければならないという事実がとても苦痛だった」

「でも……リリスは候補ではなかったのですか？」

リリスは公爵令嬢であり、ノクスの婚約者の候補になったはずだ。

しかしノクスは首を横に振った。

「確かに一度はリリスも婚約者候補だった。だがリリスは俺と血が近すぎる。王族の血はもともと濃いから、婚約はできても子供をなすことはできない。リリスはそれが分かってすぐに候補を降りた」

「そうだったんですね」

リリスとノクスが仲が良かった理由が分かった。

もともとリリスは婚約者候補であり、そのため幼少期からの交流があったのだろう。

「話を戻すが、俺はマリベルと婚約することは嫌だった。しかし、俺は王族だ。貴族と婚約し、子を残すのは義務だ。自分だけが嫌だと思うだけでその義務を放棄する訳にはいかない……と、そう思っていた」

「思っていた？」

思わせぶりな言葉だ。

「その思い込みを破ってくれたのは……お前だ」

ノクスは私を指さした。

予想外の言葉に、私は目を見開く。

「えっ、私ですか？」

「やっぱり覚えてないか」

ノクスは少し寂しそうな顔で笑った。

「俺とお前が出会った時のパーティーだが、実は俺の婚約者を選ぶためのパーティーだったんだ」

「そうだったんですか⁉」

まさかなんとなく出ていたパーティーがそんなに重要なものだったとは思わず、私は驚愕した。

「俺は会場の隅でずっと悩んでいた。このまま婚約者を選ぶべきなのかを。そこで、お前が俺に話しかけてきた。そして俺に何に対して悩んでいるのかを聞いてきたんだ。王族であることをぼかしながら事情を話すと、お前はそれを鼻で笑った。『自分の未来は自分で掴み取るものよ！』とな」

「え、えぇ……!?」

「その上『ちゃんと両親に聞いたの？　嫌なものは嫌だって言わないと、いつまで経っても誰かの言いなりだよ』とも言っていた」

恐らく本当に私がそう言っていたのだろうが、流石に驚く。

ノクスが王族だとは知らなかったとはいえ、まさか自分がそんなことを言っていたなんて……

「俺はその考え方に感動してな。父上に自分は誰とも婚約したくないと言いに行ったんだ。すると王太子も王女も婚約者がいるので、好きにすればいいと言われた。それから俺は自由に婚約者を選ぶことにして、マリベルからの婚約の申し出は全て断ることにした、という訳だ」

「そうなんですね……」

自由に婚約者を選びたいと国王に嘆願《たんがん》して、まさか本当に自由になってしまうとは。

当時の私が聞いても驚いたに違いない。

「マリベルがあそこまで男を侍《はべ》らせているのは、当時俺に確実に選ばれると思っていたのに選ばれなかったことのコンプレックスの裏返しだろう」

マリベルについて、なぜあそこまで他人の婚約者を侍らせていたのか、私の中で理解が深まった。きっとその時の屈辱を、他人の婚約者を侍らせることで慰めているのだろう。

「だから、セレナの婚約破棄の一件は、原因は俺にあるとも言える。本当にすまない」

「い、いえ。ノクス様のせいではないですよ！　謝らないで下さい！」

ノクスが申し訳なさそうな顔で謝ってくる。

私は慌ててノクスに責任はないと首を振った。

そして話を変えようと、他の話題がないか頭の中で考える。

と、そこで私はとある事実に思い至る。

「あれ？　ということはまさか、両親に話していたあの五年前の話は……」

「あれは事実だ」

ノクスはキッパリと断言した。

そうなると、今までのノクスの不可解な行動がよく分かる。

そもそも、なぜ私に偽装婚約を持ちかけてきたのか。

私に対してあんなふうに優しく接してきたのか。

「俺はずっとお前に恋焦がれてきた。だからこそ、付け込むようで悪いとは思ったが、婚約関係がなくなったと聞いた瞬間に婚約を持ちかけた。自分の望む未来を、自分で勝ち取るために」

甘い囁きに、私は頬を赤く染める。

ノクスが微笑を浮かべて私の頬に手を添える。

そして尋ねてきた。

「それで、真実を知って、お前はどう思う？」

「それは……私を好きでいてくれたのはとても嬉しいですけど……」

　私は頬を染めて、ノクスから目を逸らす。

　今まで偽装婚約のビジネス的な契約相手だと思ってきたノクスが、いきなり恋愛対象に変わったことで、私はかなり動揺していた。

　しかし、決して嫌な気分ではない。

　それどころか、ノクスは容姿じゃない等身大の私を好きでいてくれて、嬉しい。

「俺との婚約を続けてくれるか？」

　ノクスが私に手を差し出してくる。

「……はい」

　私はノクスの手を取った。


　そしてしばらくして落ち着いたあと、私はノクスに質問した。

「もしもの話なんですけど……私が怒って婚約を解消するって言ったらどうするつもりだったんですか？」

「これだ」

　ノクスはある紙を取り出した。

「それは……婚約の時の契約書ですか？」

「ああ、この契約書に書かれている条項なんだが」

私はノクスが指差しているところを見る。

そこには『婚約を解消する際は、両者の合意のもと解消する』と書いてあった。

ということはつまり……

「もしもの時はこの条項を使って、なんとか引き留めるつもりだった」

ノクスは胸を張ってそう言った。

「というのはほんの冗談だ」

「えぇ……」

いや、全く冗談に聞こえない。本当の目的を隠しながら偽装婚約を持ちかけてきたあたり、もしかしたら本当に考えていたかもしれない。

それぐらいノクスが私と婚約するのに本気だった、ということがひしひしと伝わってくるのだ。

「本当に冗談だ。お前と男装姿のリリスを見かけた時、俺はちゃんと諦めようとしただろう？　なあ、俺が偽装婚約を持ちかけたのはなんでだと思う？」

「私と婚約するための建前、ですか？」

はじめに婚約と聞いた時は驚いたが、その後ノクスが偽装婚約というクッションを置いたことで、かなり心のハードルが下がったことは確かだ。

「それもある。だが、本当はセレナの意思を尊重するためだ」

「えっ？」

私のため？

ノクスは頷いて説明する。

「よく考えてみろ。王族である俺が本当の婚約の話を持ちかけたら、それは強制になってしまう。俺に自由をくれたお前に、無理やり婚約を申し込むようなことはしたくない。だからこそ、俺は自由意思で婚約を結べるように、それでいていつでも婚約を解消できるようにしたんだ」

ノクスは「偽装婚約という建前があれば、いつでも婚約解消できるからな」と付け加えた。

「だから、本当に婚約を解消したい時はそう言ってくれ。俺はその意思を尊重する」

ノクスは言葉の上ではそう言っていたものの、表情はどこか心配そうだった。

「大丈夫です。今のところは婚約を解消するつもりはありませんから」

だから、私はノクスがしっかりと安心できるようにそう言った。

「そうか……それは良かった」

ノクスは安心したように息を吐いた。

今日から、私とノクスは本当の婚約者となったのだった。

＊＊＊

そして、その日の帰り道の馬車の中で。

「……」

「……」

私とノクスは無言だった。

だって、何を話せばいいのか分からないし……！

私は幼少期からエリオットと婚約していたので、恋をした経験がほとんどない。いや、エリオットに対して、似たような気持ちは芽生えていたのかもしれない。

でも、自覚して恋をしたことはないのだ。ノクスと一緒にいてどうすればいいのか分からなくなるのは当然というべきだろう。

チラリとノクスを見る。

どうしよう、心臓がバクバクしはじめた……！

「その……セレナ」

「はっ、はい！」

急に名前を呼ばれて、変な声が出てしまった。

「その……これからもよろしく頼む」

ノクスの狼狽えた顔を見て、いっぱいなのはノクスもなのだと気づいた。

途端に、ノクスが微笑ましく思えてきて、ついクスッと笑ってしまう。

「な、なんだよ」

照れたのか少しだけ少年のような口調に戻ったノクスに、首を横に振る。

今までは私に見せてくれなかった表情だ。

そういえば、私はノクスのことを何も知らない気がする。

好きなものも、嫌いなものも知らない。

知っていこう。これから一つずつこの人のことを。

「いえ、なんでもありません。ノクス様が婚約者で良かったな、と」

「……」

急に黙ったノクスに首を傾げる。

「どうしたんですか？」

「いや……自覚してないんだろうが……反則だぞ」

「えっ、私、何かしましたか⁉」

「いや、いい……」

それから馬車の中で私が何をしたのかノクスに質問責めしたのだが、ノクスは「照れるから言わない」と言って教えてくれなかった。

こうして婚約発表のパーティーまで十日を切った今、私たちはようやく両思いになったのだった。

第十一章　降りかかる危機

その日は珍しく、ノクスが馬車で迎えにこない日だった。

なんでも、王宮で急に用事ができたらしく、今日は迎えにくることができないという知らせが早朝にやってきた。

馬車に揺られながら、久しぶりに一人で登校する。

(思えば偽装婚約してから、ノクス様がいつもそばにいたな……)

私をマリベルの悪巧みから守るためという使命感もあっただろう。

でも、それと同じくらい私と一緒にいたかったのだろう、というのが今なら分かる。

私は首のネックレスを持ち上げる。

もらった最初の頃は似合わないというよりもったいないと思って、本当はたまに外している時もあったけど、今では少しでもノクスの愛を感じていたくてお風呂の時以外はずっと身につけている。

(そういえば、マリベル様……あれからやけにおとなしいけど、もう諦めたのかな)

その時だった。

ガコン、と馬車が揺れた。

急に馬車を引いている馬が止まったのだ。

「なに？」

私は立ち上がって、外の様子を確認しようとした。

しかし、その前に馬車の外から御者《ぎょしゃ》の悲鳴が聞こえてきた。

「っ！」

窓の外を見て、私は息を呑む。

馬車の周りは十人以上の男に囲まれていたのだ。

男たちは全員ボロボロの汚い服を着て、手には剣を握っていた。

「盗賊……⁉　なんでこんなところに……！」

ここは王都の中でも一等地。治安も良く、衛兵だって近くにいる。それなのにここに盗賊がいるということは、衛兵を殺すか無力化して、この王都の一等地に盗賊を招き入れた誰かがいるということだ。そして、それができるのは権力を持っている爵位の高い貴族しかない。

「まさか、マリベルが……！」

私を狙う貴族なんて、マリベルしか思いつかない。

恐らく、いや、確実にこの盗賊たちはマリベルの差し金だろうが、それと同時にここまで大それたことをするだろうかと信じがたい気持ちがある。

盗賊たちの中の、リーダーのような男が馬車の扉に手をかけた。

私は咄嗟に身構える。

「セレナ・ハートフィールドだな」

「なぜ私の名前を……！」

盗賊の男は私の疑問には当然答えず、馬車の中に乗り込んできた。これもマリベルから聞いて知っていたのだろうか。

私の抵抗虚しく、リーダーの男は私の腕を乱暴に掴んで動きを封じると、布を私の口元に当てた。

「んぐっ⁉」

（これは……睡眠薬……⁉）

口元に当てられた布から薬品を吸い込んだせいか、すぐに私の意識は朦朧《もうろう》としてきた。

そして——意識を失った。


「ここは……」

目を覚ますと、そこは牢屋のような場所だった。

冷たい石畳と、同じく石材でできた壁が、閉塞感《へいそくかん》を与えてくる。鉄格子が嵌《は》められた、子供一人ですら通るのが難しそうなほど小さな窓からは太陽の明かりが漏れていた。

「私は………そうか、攫《さら》われて……！」

そこでなぜここにいるのかを思い出して、意識がはっきりと覚醒した。

同時に冷や汗が出てきた。

盗賊に攫われた。

窓の外から差している明かりから察するに、それほど時間は経っていないだろう。つまり、私が囚われているこの場所は王都か、王都からそれほど遠くない場所にあるということだ。

白昼堂々と襲われたのできっと目撃者も多数いる。すぐに両親にもノクスにも情報が入っただろう。このまま待っていればノクスや両親が私を助け出してくれるかもしれない。

しかし、盗賊が何を目的に私を攫ったのかは分からないし、このまま私の命が無事な保証はない。

「ここから逃げ出さないと……っっ！」

起き上がろうと手を地面につこうとしたが、後ろ手に手錠をかけられているせいで立ち上がれなかった。足元を見ればご丁寧に両足首にも鎖の枷《かせ》がはめられている。これでは逃げることができない。

ガチャリ、扉が開いた音がした。

「あれ、もう起きたのかよ」

盗賊のリーダーと思わしき男が牢屋の中に入ってきた。

私は身構える。

「私を誘拐して、なんのつもり！」

湧き上がる恐怖心を必死に抑えつけ、リーダーの男に問う。

「ハハハ！　怖いねえ！　そんなに睨むなよ！　ちびりそうだ！」

リーダーが芝居がかった仕草で大袈裟《おおげさ》に恐れ慄《おのの》いたふりをする。

「俺たちの目的は一つ。雇い主様からの言葉を伝えることだ」

「雇い主からの言葉……？」

「一つ、今後身の程を弁《わきま》えて、身分の高い男性に近づかないこと」

「身分の高い男性って誰のこと」

「ああ？　そんなの決まってんだろ。あんたがいっつも一緒にいるいけすかねえ男のことだよ」

リーダーの言葉でノクスのことだと確信する。

「それを破ったらどうなるの？」

「適当に聞いて、言いつけを破ったら、何度でもお前に怖い目を見せてやるからな。覚悟しとけ」

盗賊のリーダーが私に顔を近づけて凄む。

この時、私はこの誘拐の裏に誰がいるのかを確信した。

マリベルだ。これは全部マリベルが仕組んだことだ。

なら、尚更思い通りにはさせない。

「残念だけど、お断りよ」

「なに？」

リーダーがピクリと眉を動かす。

「断るって言ったの！　私は貴方たちの言いなりになんかならない！　私はノクス様を愛して

る！　それは絶対に変わらない！」

盗賊のリーダーは私の言葉を静かに聞き届ける。

「そうかそうか……なら、しょうがねえな」

リーダーはそう言うと、牢屋の外へと出ていった。

その行動を不思議に思いつつも、私は部屋に一人残された。

一人になると、嫌でも頭の中にいろんな考えが浮かんでくる。

（ノクス様……）

心細い中で思い浮かぶのはノクスの顔だった。

本当は、盗賊たちに対してあんなことを言うのはとても怖かった。でも、嘘であったとしてもノクスに近づかない、なんて言うのは嫌だったのだ。

（でも大丈夫、きっとノクス様が……）

なんの確証もない。でも、この時の私にはノクスが助けにきてくれるという確信があった。

と、その時、また盗賊のリーダーが牢屋の中に入ってきた。

また何かするのか、と考えた時、盗賊のリーダーはニヤリと下卑《げひ》た笑みを浮かべた。

「お前ら！　入ってこい！」

盗賊のリーダーが扉に向かって声をかけると、ゾロゾロと部屋の中に盗賊たちが入ってきた。

「なっ！」

「もしあんたが断ったら、痛い目を見せてやれって言われてるんだよ」

「まさかそれは……！」

「こんな上玉を抱けるなんてな、これは段取りをしてくれた雇い主様に感謝しないとなぁ！」

「その通りだぜ！　こんな美人、娼館にはいねえしな！」

「リーダー！　俺に早く抱かせてくれよ！　もう待ちきれねえ！」

盗賊たちは下卑た笑みを浮かべ、私をつま先から頭まで舐め回すように見つめる。

「ヒッ……！」

十人以上から一斉に注がれる醜い欲望の視線に、私の唇から思わず恐怖の声が漏れた。

「じゃ、まずは俺から……」

「やめてっ！」

盗賊のリーダーの男が私の首元の襟を掴んだ。

その拍子に、首元のネックレスが引きちぎられた。

ノクスからもらった、大事なネックレスが。

「いやぁっ！」

私が悲鳴をあげて逃げようとすると、盗賊たちは愉快そうな笑い声をあげた。

この状況でも、思い浮かぶのはノクスの顔だった。ここで私が襲われれば、どれだけノクスがいいと言おうと婚約が破談になるかもしれない。それだけは嫌だ。

「ノクス様……っ！」

そして盗賊のリーダーがもう片方の手を私の身体へと伸ばした時――

バコンッ！

牢屋の扉が破られた。

それと同時に大量の騎士たちが牢屋に突入してきた。

「なっ！　なんだコイツら、ぐあっ！」

「なんで騎士がこんなところに……！」

剣を持った騎士たちは目にも留まらぬ速さで盗賊たちを無力化していく。

「嘘だろ……ここは絶対に見つからない場所のはずじゃ……」

そして私に迫っていたリーダーの男はすでに逃げることが不可能であることを悟ったのか、そんなことを呟きながら大人しく騎士に捕まっていた。

「何人かは残しておけ、特にリーダー格の奴はな！」

騎士たちの中から聞き覚えのある声が聞こえた。

私の婚約者である、ノクスの声だ。

ノクスが騎士の中から出てきた。手には剣を持っている。

それはつまり、王族なのにもかかわらず、危険な場所へとやってきてくれたということだ。

「ノクス様！」

「セレナ……！　怪我はないか！」

ノクスは私の下へと駆け寄ってきて、私の前に跪《ひざまず》くと私が無事かどうか確認した。

「はい、私は無事です」

「そうか、無事か……本当に良かった」

ノクスは心からの安堵の声を漏らした。

「ノクス様、これが手錠の鍵かと」

騎士の一人が盗賊のリーダーの男が持っていた手錠の鍵を持ってきた。すぐにノクスは手錠を外してくれる。手錠が外れると、ノクスはすぐに私を抱きしめてくれた。

「良かった……セレナが無事で。すまない……一人にするべきじゃなかった……！」

ノクスは床に剣を置いて、私を抱きしめた。ノクスに抱擁《ほうよう》されると、ようやく私の心の中にも安堵の感情が浮かんできた。緊張と恐怖で張り詰めていた心が溶ける。

「ノクス様、私、怖かったです……っ！」

「ああ、もう大丈夫だ」

私を安心させるように力強く抱きしめてくる。

私はそれ以上に力を込めて、ノクスを抱きしめたのだった。


それから私が落ちついた頃。

「セレナ、すまないんだが……誰が盗賊のリーダーか分かるか。尋問して誰がコイツらを雇ったのか聞く必要があるんだ」

ノクスの言葉に、盗賊のリーダーの男が息を呑んだ。

尋問とは穏やかに聞こえるかもしれないが、盗賊にする尋問とは決まって拷問だ。しかも今回は貴族の令嬢を攫うという大犯罪を犯している。盗賊たちに、特にリーダーの男に地獄が待っていることは想像に難くない。

「あの人が盗賊のリーダーです」

リーダーの男を指差す。

指でさされた男を見て、ノクスは暗い表情を浮かべる。

「そうか……お前か……。お前、セレナに手を出そうとしていた奴だな」

ノクスは立ち上がり、盗賊のリーダーの前に歩いていく。

リーダーは焦った顔になり、必死に言い訳を始めた。

「お、俺たちはただ命令に従っただけで、貴族の令嬢だとは知らなかったんだ！　だから命だけは……！」

「その人、私の名前を知っていました」

盗賊のリーダーの嘘を否定すると、リーダーはギリギリと歯軋りをして睨んできた。

「そうか……お前たちには必ず地獄を見せてやる。処刑だけで終わらせはしない。セレナに手を出そうとしたことを後悔させてやる。覚悟しておけ」

底冷えするほど怒りのこもったノクスの声に、盗賊の何人かは悲鳴を漏らしていた。

「コイツらを連れて行け」

「ハッ！」

ノクスが命令すると騎士たちは盗賊たちを連行していった。

牢屋の中で私とノクスは二人きりになった。

するとノクスは私を抱きしめた。

「ノ、ノクス様……!?」

ショックが落ち着いた今、さっきとは打って変わって、心臓がバクバクと鳴りはじめる。

ていうか、冷静に考えたらあんなに人がいる前でノクスと抱き合ったなんて、何をしてたの私……!

先ほど大勢の前で抱き合っていたことを思い出したら、急に恥ずかしくなってきた。

「すまなかった、セレナ。俺がいないばっかりに……」

「いいえ、ノクス様のせいじゃないです」

「いや、もっと早くに気づくべきだったんだ。今朝の用事はマリベルの仕向けた罠だったんだ」

「そうだったんですか？」

「ああ。今朝、いきなりとある男爵家の生徒が試験で不正をしていたことが発覚してな。生徒会としてその対応に追われていたんだ」

「それって……なんだか怪しいですね」

「ああ、俺もそう思って調べたが、その生徒はマリベルの取り巻きをしている生徒だった。恐らく、今回の事件を起こすためにマリベルに売られたんだろう」

「そんな、酷い……」

「ここもその生徒の家が持っている建物だ。元の持ち主が分からないように転々と売られていたが、記録を辿っていけばマリベルの家に辿り着くだろう」

　普段は冷静なノクスの声に、また怒りの色が滲む。

「これはマリベルを追い詰めるチャンスだ。あの盗賊から雇い主を聞き出したら、すぐにでもマリベルを追い詰めて、俺のセレナに手を出そうとしたことを後悔させてやる……！」

　ノクスはここにはいないマリベルを睨みつけている。

「ノクス様……」

「どうした」

「その……これだけ密着した状態で、俺のセレナと言われると、とても照れると言いますか……」

　ノクスに抱きしめられた状態で、耳元でそんな台詞を囁かれて、私は顔が真っ赤になっていた。

　ノクスはそんな私を見て一言。

「……ああ、本当に可愛いな」

「ノ、ノクス様!?」

　そう呟いて、私の額にキスを落としたのだった。

＊＊＊

そしてその後、私は何食わぬ顔で学園に登校することにした。

時刻はまだ昼だったので、学園での授業もまだ残っている。

馬車の中でノクスが心配そうな顔をして私に尋ねてくる。

「セレナ、本当に大丈夫か？」

「はい。マリベル様には負けたくないので」

もうすでに襲撃が失敗したことは耳に入っているかもしれない。だが、このまま学園を休んでショックを受けていると思われるのが嫌だ。それに、マリベルはまさか学園に私が来るとは思っていないだろうし、もしかしたらボロを出す可能性がある。だから私は攫われた当日に登校していた。

「それよりも、ノクス様、申し訳ございません……。ノクス様に頂いた大切なネックレスなのに……」

目線の先には、ハンカチに包まれたネックレスが膝の上に載せられていた。

「大丈夫だ。見たところ、金具のところが壊れただけだからすぐに直る。俺が修理に出しておこう」

「本当ですか？」

「ああ、安心しろ」

ほっと安堵の息を吐く。

大切なネックレスが修理できて、本当に良かった。

そうこうしている内に馬車が止まった。学園に着いたのだ。

学園に着くと、馬車から降りる。

「ノクス様、その……お願いがあるんですけど」

「俺に叶えられることならなんでもしよう」

「いえ、そんなに大層なお願いではないのですが……手を繋いで頂けませんか？　その、まだ少しだけ怖くて」

私がそう言うとノクスはぐっと唇を引き結んで、頷いた。

「ああ……分かった」

優しく手が握られる。

私はほっと安心する。

「だが……いいのか？　その、俺と手を繋いでいるところを見られたら……」

「ノクス様は私と手を繋ぐのが嫌ですか？」

「いや、全く嫌じゃない！　嫌じゃないんだが……セレナは、その色々と注目されるのが嫌じゃないのか？」

「どうせ一週間後には婚約のことは発表されるんですし、それにどんなことがあってもノクス様が守ってくれるでしょう？」

首を傾げて尋ねてみたが、ノクスは顔を押さえてなぜか悶えていた。

「どうしたんですか？」

「……自覚してやってるのか？」

「自覚……？」

「いや、ないならいい。忘れてくれ」

ノクスは咳払いをして話題を変える。

「それと、婚約発表の件だが、今朝のシュガーブルームの暴走を受けて、こちらで新たな手を考えている」

「え？　どういうことですか？」

私が尋ねると、ノクスはニヤリと笑った。

「心配するな。ただアイツに目にものを見せてやろうというだけだ」

おかしな様子のノクスに首を傾げていると、次第に視線が突き刺さるようになった。校舎の外にも何人かの生徒がいたのだ。そのどれもが私とノクスが繋いでいる手に注がれている。この分では、すぐにでも学園中に噂は広まるだろう。基本的に好奇の視線に晒されたり、噂の種にされることは嫌な思い出しかなかったが、意外と今は悪い気分じゃなかった。

「ここまでで大丈夫です」

エントランスの前で手を離す。

少し名残《なごり》惜《お》しかったが、流石に校舎の中でも手を繋ぐ訳にもいかない。

「……あれ、ノクス様？」

ノクスの様子がおかしかった。

今まで繋いでいた方の手を握ったり開いたりしていた。ノクスは私の視線に気づくと、気まずそうに目を逸らした。

「あ、いや……なんでもない」

……まさか、ノクスも名残惜しいと思ってくれているのだろうか。

そうならいいな、と私は思った。


廊下を二人で歩いていると、廊下の角でバッタリとマリベルに出会った。

「な、なんで……!?」

マリベルは驚きと疑問の表情を浮かべる。

まさか、攫われたのにそのまま学園へと登校してくるとは思っていなかったのだろうか。

マリベルの反応で、私はマリベルが今回の事件に関わっていたのだと改めて確信する。

「マリベル様、ご機嫌よう」

「え、ええ……ご機嫌よう……」

少し気圧されたマリベルだが、すぐに我を取り戻し、無理をして勝ち誇った笑みを浮かべる。

まるで攫われた私が傷つかなかったはずがない、と言いたげな顔だ。

「きょ、今日は随分遅い登校だったんですね。何かあったのかしら？」

「ええ、登校途中でトラブルに遭ってしまって……でもノクス様に助けて頂いたので、お気になさらず」

　私はノクスの手を握って、繋いでいる手をわざと上げる。

　勝ち誇った笑みを返しながら。

「なっ……！」

　マリベルの表情が歪んだ。そしてノクスと私が手を繋いでいることに、ギリギリと悔しそうに歯軋りをしている。悔しさのあまり表情を取り繕えないらしい。

「セ、セレナ様、ノクス様は触れられるのが苦手なんですよ？　あまりベタベタするのはノクス様も迷惑なんじゃないかしら……」

「そうなんですか、ノクス様？」

「いいや、そんなことはない」

　隣にいるノクスに尋ねたが、ノクスは首を横に振って否定した。

「はあ⁉」

　マリベルの顔がさらに歪む。

　はたから見れば、もうすでに決着は明らかだった。

　これ以上話すことはないとその場から離れることにした。

「それでは、私たちはこれで。行きましょう、ノクス様」

「ああ、そうだなセレナ」

　私とノクスがその場を離れようとした時、ノクスが立ち止まった。

「ああ、そうだシュガーブルーム」

「な、なんでしょうか……」

「今朝、お前と親しくしている生徒が試験で不正をしたそうだな」

マリベルは引き攣った笑みを浮かべる。

「そうですか。残念ですね。でも、それが私に何か関係があるのでしょうか？」

「今はまだ何もない。だが、これからお前への監視は厳しくなる。覚悟しておけ」

「っ‼」

マリベルは息を呑む。

これはノクスからの「これからお前の悪事全てを暴いてやる」という裏の意味が込められた宣戦布告だった。

「それだけ伝えておく。行くぞ、セレナ」

「はい」

私とノクスは歩いていく。

その場を離れるまで、ずっと背中にマリベルの視線が突き刺さっていた。

＊＊＊

ノクスが言っていた、マリベルに報復する案の詳細が分かったのは、翌日のことだった。

　王家から「ノクスの婚約者を選ぶパーティーを主催する」という発表がされたからだ。

　まだ婚約者のいない貴族の女性を集め、そのパーティーで選ぶというのだ。

　もちろん、すでに私との婚約が正式に結ばれているので、結果はすでに分かっている。

　しかしノクスは単に私を婚約者として発表するのではなく、パーティーを通して、改めて私を婚約者として選んだという筋書きにしたいらしい。


　パーティーが発表された朝、学園に向かう馬車の中で、私はノクスに質問する。

「なんで参加者の中から選ぶという体裁をとるんですか？」

「そっちの方がマリベルとシュガーブルーム家に大きな打撃を与えることができるからな。マリベルにも婚約者候補として平等にチャンスがあると思わせて、その上でセレナを選ぶ。大勢の貴族の前で選ばれなかったことを突きつければ、奴のプライドもへし折られるだろ？」

　マリベルに恨みがあるのは私も一緒なので、その気持ちは共感できるのだが、やり口が結構えげつない。

　最後に期待を持たせて、それをバッサリ刈り取るのはかなり相手にも効くだろう。

「今まで散々あの親子のせいで迷惑を被ってきたからな。これくらいしても構わないだろう？」

「うわぁ……」

　思わず私が引いてしまうくらいに邪悪な笑みだった。

　その邪悪さから、今までどれだけノクスがマリベルに対して怒りを募らせてきたのかが伝わってくる。

「俺が何度も婚約しないと言っているのに、近寄ってきて猫撫で声で媚びてくるのに飽き足らず、しまいには俺とマリベルが仲がいいと根も葉もない噂を学園中に流した恨み……。それに俺のセレナに手を出した代償はここで払ってもらうぞ」

ノクスはここにいないマリベルへ向けてそう言った。


そして、ノクスの思惑通り、貴族社会では今回のパーティーは一つの大きなイベントとなった。

今まで頑なに婚約者を選ぼうとしてこなかったノクスが、ようやく婚約者を選ぶ気になったのだ。しかもパーティーの参加者の中から選ぶとなれば、下位貴族にもチャンスがあるかもしれない。学園の中ではパーティーの話で持ちきりだった。

一番の有力候補とされているのは、マリベルと私だった。

マリベルは先日の一件——生徒たちの前でノクスに思いっきり拒絶された件があるものの、なぜかあのあと「ノクス様とマリベル様は喧嘩するほど仲が良い」という謎の噂が流れて、まだまだノクスとマリベルの関係は続いている、と学園では考えられていた。

そして私は短期間でノクスと急速に仲を深めた令嬢として話題になっているようだ。

それに合わせて、私の方は「婚約者がいなくなった途端ノクス様にアプローチをかけた悪女」という中傷のような噂も流れているらしい。

私が教室で一人、次の授業の用意をしている時だった。

いつも休み時間になるとノクスが迎えにくるとはいえ、どうしても一人になる瞬間はできてしまう。

マリベル派閥と思われる女子生徒の話す声が後ろの方から聞こえてきた。

「ねえ、聞いた？」

「あれでしょ？」

「婚約が破談になってすぐなのに、ノクス様のパーティーに出るらしいわよ」

名前こそ出していないが、明確に私のことを話していた。

「もしかして、自分が選ばれると思ってるのかしら」

「選ばれるはずなんてないのに、本当におかしいわね」

「それより、恥ずかしくないのかしら。少し親交があるからって婚約者に選んでほしいと厚かましくお願いするなんて」

「私だったらそんなことできないわ」

彼女たちは私に聞こえるようにくすくすと笑い声を上げる。

名前を出さないことで言い逃れをしているあたり、性格が悪い。

そんなふうに嫌味を言われつつも、私はパーティーまでの学園生活を過ごしていた。

そんな中でも不思議と傷つくことがなかったのは、日に日にノクスの愛情表現が甘くなっていったからだ。

そして意外なところで事件が起こった。

それは私とノクスが学園の廊下を一緒に歩いている時だった。

廊下を曲がった先で、マリベルとエリオットが向かい合って立っていた。

その周囲を何人もの生徒が野次馬として取り囲んでいる。

エリオットはマリベルの前に跪いており、マリベルに向かって花束を差し出した。ずっと躊躇っていたようだが、エリオットはついにマリベルにプロポーズすることにしたらしい。マリベルは自身でノクスのパーティーに参加することを宣言していたので、エリオットも流石に焦ったのだろう。

「マリベル様！　僕と……婚約して下さい！」

野次馬たちから驚きの声が上がった。

私からすれば、やっとか、という印象だった。

今までエリオットがマリベルに恋心を寄せていたのは確実だったし、そのせいで私との婚約が破談になったのだから。

マリベルはエリオットの行動が予想外だったのか、目を見開いて固まっている。

そしてエリオットの背後にノクスがいることに気がつき、すぐに我に返ると、しゅん、としおらしい表情になった。

「その……ごめんなさい。エリオット様はただの友人だとしか思ってなくて……」

しかしマリベルはエリオットのプロポーズを申し訳なさそうな表情で断った。

「これからも友人として付き合っていければと思うわ」

「……そう、ですか」

プロポーズは失敗したようだ。

周囲の生徒は、恐れずマリベルに対してプロポーズしたエリオットを讃《たた》えるように拍手していた。

しかし反対に、私は冷めた目でそれを見ていた。

マリベルにしても、あんなに気があるような態度を取っていて、いざとなれば友人としか見ていなかったというのは悪質極まりないだろう。

それに、エリオットを讃えるなんてどうかしている。彼はずっと不貞行為をはたらいていた訳で、とても賞賛されるような行為ではないはずだ。

なぜ美談のようになっているのかが理解できなかった。

「ノクス様、行きましょう」

ただエリオットとはもう無関係なので、どんなふうに生きようが興味はない。

プロポーズを断られ、落ち込んでいるエリオットの横を私とノクスは横切っていった。

エリオットは私に気づいたようだったが、流石に私に声をかけてはこなかった。

第十二章　最後の手段（マリベル視点）

盗賊に襲われたはずのセレナが何食わぬ顔で登校してきた日。

屋敷に帰ったあと、私——マリベル・シュガーブルームは怒り狂っていた。

「何よあれっ！」

自室にて、ベッドの上の枕を壁に投げつける。

「盗賊に襲わせたはずなのに、なんで平気そうな顔してるのよ！」

それに助け出されるのが早すぎる。

どんな男とも恋愛ができないように、心身ともに傷つけてやるはずだったのに……セレナを盗賊に襲わせるという計画は失敗したと見るほかない。

「初めから切り捨てる予定だったけど、本当に使えない奴らねっ……！」

ティーテーブルに拳を叩きつけた。

あの盗賊たちは、私が外国から「ある商品」を購入する際に贔屓にしていた商人から紹介された盗賊だった。

セレナとノクスの距離が日に日に近づくのに焦りを感じていた私は、長年付き合いのある商人に、汚れ仕事ができる人間を紹介してほしいと言った。そうしたらこの盗賊を紹介してきたのだ。

正直、盗賊なんていう、汚らしい見た目の男たちとは言葉も交わしたくなかったが、この男たちなら確実にセレナを深く傷つけてくれるだろうと思い直し、私自身が今回の計画をすべて直接指示してあげた。

なのに、クズのくせに依頼すらまともに達成できないなんて、依頼を任せるんじゃなかった！

「それにしても、あのセレナの顔……！　今思い出しても腹が立つ……！」

登校してきて、目が合った時のあの勝ち誇った笑みを思い出して、私はまた唇を噛んだ。

「バカにして……！　絶対に許さない！　セレナ・ハートフィールドっ……！」

あそこまで挑発されたのは生まれて初めてだった。

頭の中が怒りで満たされていたが、心を落ち着けて冷静に考える。

「落ち着いて。このままじゃ私の立場が危ないのよ……」

深呼吸をすると、少しだけ怒りがおさまって冷静に考えることができた。

ノクスの最後の言葉、あれは私がセレナを襲わせたというのがお見通しだということだろう。

このままでは私がセレナを襲わせた証拠が発覚してしまう。

盗賊に指示した時は誰も人目に触れない場所を選んだが、絶対に見られていないとは言い切れないし、盗賊は拷問を受ければ、すぐに私の名前を出してしまうだろう。

「どうしよう………セレナを襲わせたことが発覚したら、最悪幽閉《ゆうへい》？　そんなの絶対に嫌！」

貴族だから他の囚人と同じ部屋という訳ではないだろうが、それでも一生外に出られないような部屋に閉じ込められるなんて、私には耐えられない。

「こうなったら、これを使うしかない……！」

私はベッドの下に隠してある木箱を取り出す。

「今までは少量しか使ってこなかったけど、もう手段は選んでいられない……！」

ただし、この薬――王国では禁忌とされている、人を魅了し操ることができる薬を使ったことがバレたら今度こそ本当に私も終わる。

今までみたいな少量ではなく大量に使ったなら、バレるリスクも大きくなるだろう。

だけど、ここまで追い詰められた以上、もう最後の手段を使うしかない……！

可能な限り学園の人間を支配下に置き、私とノクスが結婚するだろうという風潮を作り、それを現実にする。場合によっては、ノクス自身に薬を使ってもいいだろう。誘拐を企てたことが判明する前に王子の婚約者の座につけば、たとえ盗賊が何を証言しても揉み消すことができる。

私は木箱の中の瓶を手に取った。


そして、誘拐が失敗した翌日、国王からノクスの婚約者を選ぶパーティーが開催されると発表された。

つまり、ノクスとセレナの仲は私が心配しているほどのものではなかったということだ。

これはチャンスだ。

その後、私は学園で利用価値のありそうな人間と、薬で魅了してきた人間を集めてお茶会を開いた。

効率良く薬を盛るなら、お茶会を開くのが一番良い。

食堂のシェフや給仕をお金で買収すれば、いくらでも薬を盛り放題だ。

買収した人間はあとで口封じのために消しておかないと、と私は心の中のメモに書き込んだ。

「今日皆さんに集まってもらったのは、他国から珍しい茶葉を仕入れたので、飲んでほしかったんです」

お茶会にはゆうに二十人以上の人間が集まっている。

いつも通り、人懐っこい笑みを浮かべる。すると男子生徒たちはうっとりと私に見惚れていた。

正直に言って、ノクスを取り戻したいと思ってる私にとってはこんな好意の視線を向けられても気持ちが悪いだけだけど、この好意を向けられている間は色々と扱いやすいので我慢するしかない。

「独特な香りがしますね」

早速、薬の独特な香りに気づいた生徒がいた。

この薬は人を操る効果がある代わりに甘くて、鼻につくような刺激臭がする。

「そうなんです。その香りが体に良いそうですよ」

フォローしておくことは忘れない。

ここにいる人間には全員以前から少量の薬を盛ってきたから、バレることはないだろうが。

彼らだけではない。私はノクスにキッパリと婚約を断られた十歳の時から、周囲の使えそうな人間をお茶会に呼んでは薬を盛って魅了してきた。特に、私の容姿に惹かれている男子生徒は、簡単に呼び出しに応じたし、効き目は抜群だった。

彼らは次々と薬入りの紅茶を飲んでいく。

「香りは独特ですけど、美味しいですわ」

「本当ですね、美味しいです……」

薬入りの紅茶を飲むと、次第に皆、ボーッとしはじめた。

薬が効いてきた証拠だ。

私は心の中でほくそ笑む。

これで彼らは完全に私の手駒になった。

「ああ、そうだ」

そんな彼らを微笑みながら見つめていると、私はとあるアイデアを思いついた。

同じくボーッとしているエリオットに近づく。

「エリオット様」

「マ、マリベル様……」

エリオットの手をぎゅっと握り、耳元に口を近づける。

「エリオット様、先日はプロポーズを断ってしまってごめんなさい……」

先日、婚約のパーティーが発表されると、焦ったエリオットが私に婚約を申し込んできた。

正直、こんな冴えない侯爵家のエリオットなんて私の婚約者に相応しくないので、突っぱねたかったが、ノクスが見ているのでしおらしく断った。

不愉快だが、エリオットはまだセレナに対して使える。

「いや、僕に魅力がなかったのが悪いんだ……」

「違うの。私、エリオット様のことは好きだけれど、もっと相応しい相手がいると思うの」

「相応しい相手……？」

かかった、と心の中で拳を握りしめる。

しかしそんなことは表にも出さず、エリオットの耳元で囁いた。

「ええ、セレナ様よ」

「セレナ……？　そんなはずない。だって彼女の方から僕に婚約破棄を……」

「それは好意の裏返しよ。本当はまだセレナ様はエリオット様に気があるのよ。ノクス様と親しいふりをしてエリオット様の嫉妬を煽《あお》ろうとしているの」

「そうなのかな……」

「ええ、その通りよ。同じ女性の私が言うんだから間違いないわ。そうだ、ノクス様のパーティーで今までよりも強引に迫ってみたらどうかしら」

「……そうか、やっぱりセレナはまだ僕のことが……。前からそうじゃないかと思ってたんだ」

エリオットは胡乱《うろん》な目でぶつぶつと呟きはじめた。

私から見れば、完全にセレナはエリオットに愛想を尽かしている。

だからもう一度アプローチしたところで全く相手にされないだろうが、これで思い込みの激しいエリオットがセレナを強引に押し倒したりすれば、それだけで万々歳だ。

エリオットから離れると、もう一度見渡す。
出来上がった私の駒。
自由に使える僕《しもべ》。
それを見て、私は満足気に笑ったのだった。

第十三章　婚約者選びのパーティー

パーティーの日になった。

今日はノクスは私を迎えにはこない。一応、今回のパーティーで候補者の中から婚約者を選ぶ、という建前があるからだ。しかし代わりに父が私をエスコートすることになっている。他の婚約者候補の令嬢も同じなので、浮くことはないだろう。

隣の父と一緒に私は王宮の廊下を歩いていく。

私は件の服飾屋の職人、アルマイン伯爵夫人に仕立ててもらったドレスを身に纏っていた。白を基調としたドレスは、華美すぎず、それでいて地味ではない、清廉とした美しさを持っている。アルマイン伯爵夫人が一番私に似合うと思ったデザインで作られているようだが、確かに自分の目から見てもとても似合っていると言ってもいい。

「セレナ。大丈夫か」

「はい、私は大丈夫です」

父の問いかけに返事をする。

扉が開かれた。

そして、私は会場の中に入った。

扉を開けて中に入ると、そばに控えていた王室の執事が、私の名前を大きな声で叫び、視線が私に集中する。

弦楽団のゆったりとした演奏が流れる中、数百人は横になって寝れるほど大きな会場の中には、二百人以上の貴族が集まっていた。その視線の量に後退りそうになった。横にいる父が私に心配そうな目を向けている。

その時、国王や王族が座っている席の中にいるノクスが、私に向かって優しく微笑みかけた。

ノクスは私の純白のドレスと対になるように、金の刺繍《ししゅう》が施された漆黒の礼服を身に纏っていた。

私は覚悟を決め、一歩を踏み出した。

歩いていく中で、誰もが無言だった。

ノクスの目の前までやってくると、私はノクスへと挨拶をする。

「セレナ・ハートフィールドです」

「ああ」

ノクスの返事はそっけないものだったが、これはマリベルたちにより衝撃を与えるための作戦で、打ち合わせていたものだった。

ノクスは今日やってきた令嬢には等しくそっけない返事をする。それによって、前回のパーティーのように誰も選ぶつもりがないのではないか、と混乱させるのだ。

どうやら私が最後だったようで、国王がおもむろに立ち上がると、挨拶を始めた。

「諸君、今日は我が息子ノクスの婚約者を選ぶ日だ。この催しの最後に、ここにいる令嬢の中から一人の婚約者を選ぶ。それまでの間、しばし歓談を楽しんでほしい」

国王の言葉でしばらくの間、歓談する時間となった。

ノクスは今回の婚約者候補の令嬢に一人一人挨拶に回っているらしく、すぐに私の下へと来る気配はなかった。

パーティーの形式は、部屋の四隅に軽食が用意され、礼服を着た従者たちが飲み物やオードブルを載せたトレーを持って歩いている、普通よりは少し豪華なパーティーだった。

しかし令嬢たちの動きはどこかぎこちない。

もしかすれば自分がノクスの婚約者に選ばれるかもしれないため、緊張しているのだろう。

令嬢たちに加えて国中の貴族がパーティーにはやってきており、その中にはエリオットもいた。

もちろん、あちらから話しかけてくることはなかったが。

私は無難に時間が来るまで適当に暇を潰そうと思っていたのだが、そうはならなかった。

いろんな貴族が私と父へ挨拶にきたからだ。

恐らくマリベルと一緒に、ノクスの婚約者として一番候補に挙がっている私の下へと、敵情視察に来たのだろう。

休む暇もなく次から次へと人がやってくる。

当然、ずっと喋りっぱなしなので、喉が渇いてきた。

「少し喉が渇いてきたかも……」

「なに？　セレナ、喉が渇いたのか。水を取ってきなさい、私が挨拶をしておくから」

父が貴族の堅苦しい挨拶を請け負ってくれたので、私はありがたく水を取りに行った。

そしてバトラーが持っている水のグラスをもらおうとしたところで。

「あっ……」

「……ご機嫌よう、マリベル様」

偶然にも、マリベルとばったり出会ってしまった。

このタイミングで出会ったのが本当に偶然かは分からないが。私に近づかないように言われているはずのマリベルが、偶然を装って私に接触してきたのかもしれない。しかし出会ってしまった以上、無難に挨拶程度の会話はしなければならない。

「今日はお互い、婚約者候補としての参加ですね」

「ええ、お互いに頑張りましょう」

私は笑顔を浮かべてマリベルの言葉に返事する。

マリベルは表面上は笑顔を浮かべてお世辞を言ってくる。

「セレナ様は素敵なドレスですね。とってもよくお似合いだと思います」

「ええ、アルマイン伯爵夫人に作って頂いたんです。私もこんなに綺麗なドレスを作って頂いて、感謝の念に堪えません」

「っ……！」

私がそう言った瞬間、辺りの貴族が騒がしくなった。

『なんだと……!?』

『アルマイン伯爵夫人が……!?』

マリベルは笑顔を保っているが、目がぴくぴくと動いている。

「そ、そうなんですね……」

『そういえば、マリベル様もアルマイン伯爵夫人にドレスを作ってもらうつもりだったと言ってたわよね……』

『ということは……』

周囲の貴族がヒソヒソと声を潜めながら、他の貴族と話している声が聞こえる。

どうやら、マリベルもアルマイン夫人へドレスの制作を依頼したようだが、断られていたらしい。

マリベルの装いはリボンが付いて、ふわふわとしているマリベルの可愛らしさを際立たせるような薄い青色のドレスだった。

確かにドレスは綺麗だ。だが、アルマイン夫人に仕立てられたドレスにはやはり劣る。

「マリベル様はアルマイン伯爵夫人にドレスを作ってもらえなかったのですか？」

「え、ええ……。私が頼みに行った時にはすでに先約があると言われましたの……」

基本的に、アルマイン伯爵夫人はそのパーティーに出る中で気に入った人間一人の服しかデザインしない。その方がドレスにも付加価値が出て、芸術品としての格が上がるからだ。

そして、あの人の審美眼は本物だと言われている。そのため世間での評価として、私とマリベルどちらが美しいかという問いに、答えが決まったようなものだ。

「でも、私はマリベル様のドレスもとても素敵だと思いますよ」

私もマリベルのお世辞に対してお世辞を返したが、このタイミングでは皮肉にしか聞こえなかっただろう。

「っ‼」

公衆の面前で恥をかかされたマリベルは顔を真っ赤にして、私の前から去っていった。

嵐の元が去ったことで、私は一息つく。

「セレナ、今少し時間をもらってもいいかな」

振り返るとそこにはエリオットが立っていた。

礼服を身に纏ったエリオットは、拳を握りしめ、真剣な表情で私を見ていた。

私は冷めた目で、エリオットに注意した。

「サンダーソン様、私はもう貴方の婚約者ではないので、呼び捨てはやめて下さい」

「あ、ごめん……」

エリオットは申し訳なさそうな顔で謝る。

「もういいですか。それでは私はこれで……」

エリオットと会話をしたくなかったので、私は無理矢理エリオットとの会話を打ち切ろうとした。

「ま、待ってくれ！」

するとエリオットが慌てて私を引き止めてきた。

大きな声だったので、周囲から視線を向けられる。

「なんですか……」

私はそっけなくエリオットへと返事をする。同時に、怪訝な目をエリオットへと向けた。

なぜこのタイミングで私に話しかけてくるのだろう。

「少し、付いてきてくれないか」

「……なぜでしょうか」

「話したいことがあるんだ」

エリオットはそう言っているが、ろくなことにならないと私の勘が告げている。

「私は話すことなどないのですが……」

「頼む。大事な話なんだ」

エリオットは真面目な顔で私にそう頼んできた。

本当はエリオットの話なんて聞きたくもないが、断ってもこのままここに居座られそうで、それはとても面倒だった。そしてノクスとの婚約を正式に発表する今、エリオットとの関係はここでしっかりと断ち切っておいた方がいい。流石にエリオットもこれだけ人がいる中で何かしようという気にはならないだろう。

「…………近くで、少しだけなら」

「バルコニーで話をしよう」

私はため息をつきながらエリオットのあとに付いていった。

エリオットは会場の外にある、バルコニーへと私を連れてきた。

ここは以前、私がエリオットに婚約破棄を突きつけた場所だ。

涼しい夜風が私の頬を撫でる。

しかし長居をしていたら体を冷やしそうなので、早めに話を終わらせてまた中に入りたいところだ。

「それで、話とはなんでしょう」

私はエリオットを急かすように用件を尋ねた。

「その……君にこんなことを言うのは失礼だとは思うんだけど……」

「……」

「今さらこんなことを言うのも、どうかと思ったんだけど、でもどうしても君に言いたくて……」

「あの、早く用件を話して下さい」

モジモジとしているばかりでいつまで経っても話を始めないエリオットに少し苛立ちながら、私は用件を話してほしいと告げた。

そうして私が急かすと、やっとエリオットは私に用件を話した。

「その……僕と改めて婚約を結んでくれないか？」

「………は？」

思わず表情すら取り繕うこともせず、そんな声が出てしまった。

一瞬、自分の聞いた言葉が間違いなんじゃないかと思い、私はエリオットに質問する。

「その………私の聞き間違いだとは思うのですが、今、私と改めて婚約しよう、と言いましたか？」

「ああ、その通りだ」

エリオットは私の言葉を肯定した。

つまりは私の聞き間違いではなく、正真正銘エリオットは私にもう一度婚約することを提案したらしい。

「……貴方は今なにを言っているのか、理解してらっしゃるのですか？」

私はエリオットに質問する。

流石に冗談の類かどうかを疑わざるを得なかったからだ。

「僕は本気なんだ。君さえ良ければ、もう一度婚約したいと思ってる。両親にも許可はもらってきた」

どうやら、エリオットは本気で私との婚約を戻したいと考えているようだ。

私は何を言っているんだ？　という気持ちだった。

私は先日、エリオットがマリベルにプロポーズして振られているところを見ている。そしてそれはエリオットも知っている。それでも私に再度の婚約を申し込んできたのは、マリベルという頼みの綱が切れて、加えて私との婚約破棄によってまともな婚約相手がいなくなってしまったことが原因だろう。

つまり、エリオットは本命に振られたから、次善として私に婚約の話を持ちかけてきたらしい。

自分が私に何をしたのかも忘れて。

私にあれだけのことをしておいて、能天気にまた婚約を戻そうと言ってくるなんて、どれだけ面の皮が厚いのだろうか。加えてこんな馬鹿げたことを恥ずかしげもなく私に告げてくるということは、エリオットは私が婚約を戻す可能性があると考えているということだ。

（どうしてまた私と婚約できると思ったのかは分からないけれど、この人が相当私のことを軽く見てるってことは分かったわ……）

そしてエリオットは全く見当違いのことを言い始めた。

「僕は分かってるんだ。君もまだ僕に未練があるんだろ？」

「はぁ？」

私は眉を顰めた。

私がエリオットに気がある？

見当違いも甚だしい。

「それに君はとても綺麗になったし…………僕に地味だって言われたからだろ？　あの時のことは僕も謝るからさ、そろそろ僕たちの関係も元に戻しても良いと思うんだ」

それはつまり、地味だった私に魅力がないと言って婚約を解消したのに、いつの間にか変わっていた私を見て思い直したということだ。

私が初めて地味なメイクをやめて学園に行った時、エリオットが私を見ていたのは知っていたが、まさか恥も外聞もなくこんなことを言ってくるとは思っていなかった。

加えて、まるでやっと私がエリオットの審美眼に適ったかのような言い方。

エリオットの上から目線のその言葉に、私の中で沸々と怒りの感情が湧き上がってくる。

「はっきりと言いますが――あまり舐めないで下さい」

「え？」

「マリベル様に婚約を受け入れてもらえなかったから、今度は私と婚約を結ぼう、ですか」

「そんなことは……」

「先日マリベル様にプロポーズして、すぐに私に婚約の話を持ちかけてくるということは、それ以外にないじゃないですか」

「……」

エリオットは俯いて黙った。

「バカにしないで下さい。私はそんなに軽い女じゃありません。それに貴方に未練がある、ですか？　ふざけるのも大概にして下さい。私が貴方に未練なんかある訳がないでしょう」

一瞬怒りの表情になりかけたが、表情だけはなんとか笑顔を取り繕う。しかしどうしても声色に怒りが滲んでしまう。

「私は貴方のために綺麗になった訳じゃありませんから勘違いしないで下さい。私にしたことも忘れて、また婚約を結ぼう、ですか？　そんなのこっちから願い下げです」

「そんな……だって、彼女がそう言ってたのに……」

　エリオットは自分の予想とは違う出来事が起こって動揺しているようだ。

　彼女とはきっとマリベルのことだろう。彼女から何を吹き込まれたのかは分からないが、どうやらエリオットは私に対して盛大な勘違いをしているようだった。

「で、でも、この婚約者を選ぶパーティーに出たってことは、まだ新しい婚約者がいないってことじゃないか。それなら僕と婚約を結んだ方が良いに決まってる」

「はぁ？」

「君は知らないかもしれないけど、僕と婚約を解消してから君には悪い噂が流れているんだ。だから僕と婚約を戻したらそんな噂も……」

「それぐらい知っています。私の悪評は全て貴方のせいなのですが？　全ての原因は貴方がマリベル様と一緒にいたからです。知らないとは言わせませんよ」

　私は少し強い口調でそう言った。エリオットは言葉を詰まらせる。

　そして私はエリオットへ軽蔑を込めた目を向けた。

「自分で他人を貶《おとし》めておいて、婚約を戻すことで救ってやろう、だなんて……最低ですね」

「そ、そんなつもりじゃ……」

　エリオットは否定するが、何も違わない。

自分で貶めた他者を自分だけが救うことができる、だなんて傲慢《ごうまん》にもほどがある。

「だとしたらなぜ噂のことを持ち出して、自分と婚約するメリットとして強調したのですか？そんなつもりではなかったのなら、噂のことを持ち出さないですよね？」

「……」

エリオットは唇を噛み締めていた。

「私のことを助けたいなら、二度と私に近づかないで下さい。それが一番私がしてほしいことです」

私はそこで一息つくと、大きく息を吸う。

これで最後だ。

「貴方に救ってもらおうなんて思ってませんし、考えたこともありません。私の気持ちも考えずに一方的に婚約をし直そうという方の婚約者になろうとは思いません！」

「なっ⁉」

私はキッパリと断言した。

するとエリオットは分かりやすく顔を赤くして激昂した。

「このっ……！」

そしてエリオットは怒りに任せて腕を振り上げ、私に振り下ろそうとして……

その手が、誰かによって受け止められた。

気がつけば私の肩がエリオットではない誰かに抱かれて、引き寄せられていた。

顔は見ていないが、私は誰かを知っている。

見上げると、そこにはノクスがいた。

「ノクス様！」

「ノ、ノクス様……!?」

突然現れたノクスに、エリオットは驚愕する。

「姿が見えないと思って探しにきたら……お前はまた面倒ごとに巻き込まれているのか」

ノクスは呆れたようにため息をついて私を見る。

「私も巻き込まれたくて巻き込まれてる訳じゃないんですよ？　あっちの方から面倒ごとがやってくるんです」

ノクスがやってきてくれたことで安堵した私はクスクスと笑うとエリオットに向き直る。

「マリベル様に振られたから、私を次の婚約者にしようと思ったみたいですけど」

私はノクスの首に両腕を回す。

「えっ」

女性嫌いと噂のノクスが、私がこんなに近づいても怒るどころか止めもしないことに、エリオットは驚いていた。

「残念ですけど、私にはもう婚約者がいますので」

「え？　婚約者って……まさか！」

エリオットは目を見開く。

私の言おうとしていることが分かったようだった。

「そうです。私はノクス様と婚約することになりました。だから、貴方とはもう婚約できません。申し訳ありません」

「そういう訳だ。俺の婚約者に手を出さないでもらおうか」

婚約者の発表の前にエリオットにバラしてしまうことになったが、このバルコニーには私とノクス、そしてエリオット以外誰もいない。

ノクスも止めはしなかったので、言っても良いだろう。

「そんな……」

エリオットは口をパクパクとしていた。

今さらどれだけ後悔しても遅い。

マリベルにプロポーズを断られて、私が綺麗になったからと婚約を申し込んでも、すでに私には婚約者がいるのだ。

逃がした獲物は大きい。

「そうだ。また自分に都合のいいように解釈しそうなので言っておきますけど、私にもし婚約者がいなかったとしても、貴方とは絶対に婚約を戻したりはしなかったのでそれは勘違いしないで下さいね。貴方みたいな人とは絶対に婚約を戻したいとは思わないので」

別にノクスという婚約者がいたから婚約を戻さなかった訳ではない、ということを強調しておく。

自意識過剰なエリオットにはこれくらい言わないと理解できないだろう。

「なっ……！」

エリオットは顔を真っ赤にして私に何かを言い返そうとした。

しかしその前にノクスが私とエリオットの間に割り込む。

「一つ忠告しておくが、これを他の人間に吹聴すれば……分かっているだろうな？」

最後に口止めをしておくのも忘れない。

エリオットはコクコクと頷いていた。

「セレナ。行こう」

「はい」

私はノクスの腕を取ると、会場の中に戻っていった。

＊＊＊

そしてエリオットとの話が終わって、私とノクスは会場の中へと戻ってきた。

バルコニーから中に入った途端、会場の中の視線が私に集中した。

それどころか驚きの声をあげている令嬢すらいる。

私はなぜこんなに注目されているのだろう、と少し考えてすぐに原因に思い至った。

それは横にいるノクスだ。

私の手はノクスの腕に添えられており、ノクスもまるで私をエスコートするかのように身を寄せている。

「……あの、ノクス様、もう手を離しても」

「ダメだ」

私が手を離そうとしたが、ノクスは私の耳元に口を寄せるとダメだと囁いてきた。

いきなり顔を近づけられたことで私の顔が真っ赤に染まる。

「な、なんでですか……」

「またセレナを放置して他の男に言い寄らせる訳にはいかないからな。俺が隣にいてしっかりと守らないと」

この状況はとてもまずいように感じた。ノクスと私は小声でお互いにしか聞こえないように話しているので、話している内容は聞こえてはいないだろう。しかしこの状況を客観的に見れば、私とノクスの関係が単に「交流がある」程度では済まされないことは誰だって分かるだろう。

私のお父様に必死な様子で話しかけている貴族の姿が見えた。恐らく私とノクスの関係について質問しているのだろうが、お父様はどこ吹く風で誤魔化している。

「でも、いろんな人に見られてます……」

「大丈夫だ。もうすぐ婚約者は発表される」

「そういう問題ではありません……」

確かにさっきはノクスを不安にさせてしまったので、ノクスの行動自体は私も分からなくはない。私だってノクスが口説かれているところを見るのはモヤモヤと嫌な気持ちになるだろう。

　だが、このパーティーでは一応建前として、婚約者候補の中から婚約者を選ぶことになっているのだ。こんなに露骨に特定の令嬢を贔屓していたら、不満が出てきてもおかしくない。

（ああ、やっぱり、嫉妬されるよね……）

　そして、早速私に不満を募らせている令嬢を発見した。私を遠巻きから眺めて、悔しそうに唇を噛み締めているマリベルだ。マリベルは周囲にいる取り巻きの生徒たちと何かをヒソヒソと話している。今度こそ自分が選ばれると思っていた彼女は、結局私が婚約者に選ばれそうで悔しいのだろう。


　それからは常に私の隣にノクスがつくようになった。

　挨拶をする時もノクスが一緒で、私と一緒に貴族に挨拶をしていた。その時に必ずと言っていいほど私とノクスの関係を聞かれたが、一応婚約者を発表する前なのでノクスは上手くぼかしていた。しかし会場の中にはなんとなく私が婚約者になるのだろう、という雰囲気が漂っていた。

　その雰囲気を破る人間がいた。

　マリベルだ。

　マリベルとその取り巻きたちはノクスから私に近づかないように言われているのに、偶然を装って私に近づいてきた。取り巻きの令嬢とおしゃべりをしていて、私とノクスに気がつかなかった、という体で。

「あっ」

「えっ？」

マリベルの取り巻きの一人がわざとらしい声をあげて私にぶつかってきた。

すると手に持っている飲み物が入ったグラスが、大きく私へと傾いた。

私の視界の端で、マリベルの口元が歪んだのが見えた。

パシャリ。

私は頭からグラスの飲み物を被せられた。

周囲から小さな悲鳴が上がる。

ポタポタと私の髪から雫が流れ落ちる。

「あっ、申し訳ありませんっ！　セレナ様！」

「大丈夫ですか⁉」

取り巻きの令嬢はわざとらしい演技がかった口調で私に謝ってきた。

マリベルが堪えきれないのか、口元に笑みを浮かべている。

取り巻きの令嬢たちはくすくすと笑い声をあげている者もいる。

「……」

「ワザとじゃないんです！　バランスを崩してしまって……本当に申し訳ありません！」

私は自分のドレスを見下ろす。

それも計画の内だったのだろうが、マリベルはわざわざ赤色の飲み物を選んでおり、真っ赤な飲み物をかけられたせいで白を基調としたドレスにはハッキリとしみができてしまっていた。

もうこのドレスを着ることはできないだろう。

使用人に着替えのドレスをハートフィールド家の屋敷に取りに戻ってもらわないといけないが、このドレスに匹敵するようなドレスを持っていない。

何より、パーティーに戻るまでに時間がかかる。でも、他に選択肢はなかった。

「……セレナ、着替えを」

ノクスが私に着替えるように促してくる。

「………はい」

私は俯きながら答えた。

どちらにせよ、このドレスは着替えざるを得ない。

俯いている私を見てノクスは拳を握りしめたあと、未だに私を見て笑っている飲み物をかけた張本人の令嬢に気がついて眉を顰めた。そしてノクスはその令嬢に声をかけた。

「お前、もう帰っていいぞ」

「え？　でも、このあと婚約者を……」

私に飲み物をかけた令嬢がそんな声を上げた。

その言葉を聞いてノクスはさらに苛立った顔になる。

「人に恥をかかせて、その上笑っているような奴はどのみち俺の婚約者にはなれない。もうお前は婚約者候補ではない、帰れ」

ノクスの口ぶりから察するに、どうやら彼女も婚約者候補の一人だったらしい。

しかしマリベルに唆《そそのか》されて私に飲み物をかけた結果、婚約者候補から外されることとなった。

「そ、そんな……」

その令嬢は顔を青ざめさせ、マリベルの顔を見た。

「マ、マリベル様!?　話が違います！」

「なんのことですか？」

マリベルは首を傾げる。

そして悲しげな表情になると、逆に今度は私に飲み物を被せた令嬢を批判しはじめた。

「私はあなたがそんなことをする人だなんて思ってませんでした……」

私が飲み物をかけられている時も笑っていたくせに、マリベルは令嬢に向けて非難の目を向ける。周りにいる令嬢もマリベルに合わせて私に飲み物を被せた令嬢を非難しはじめる。

「私もこんな人なんて……」

「ずっと笑っていて……酷いです」

「そ、そんな……私は……」

飲み物を被せた令嬢は突然の裏切りに困惑していた。

しかしそれ以上何か言うこともできず、会場から去っていった。

（どうして切り捨てられたのに、何も言い返さないの……？）

私はあそこまでされてもまだマリベルに反抗しない令嬢に強烈な違和感を覚えた。

しかし着替えなければならないので、それ以上その場で考える訳にもいかない。

私は父と一緒にその場を離れた。

「すでに予備のドレスを取りに行かせているが……」

「パーティーが終わるまでに間に合うかどうかですね……」

私はお父様とそんな会話を交わす。

ドレスをマリベルの取り巻きに汚されたが、予備のドレスなんか持ってきている訳がない。

その時。

「待って下さぁい！」

甘ったるい、媚びるような声が背後から聞こえてきた。

嫌な予感がしつつも後ろを振り返ると、マリベルが小走りで私を追ってきているところだった。

「や、やっと追いついた……！」

マリベルは走ってきたせいで乱れた息を整える。

「なんの用でしょうか……」

「セレナ様のドレス、残念なことになってしまったでしょう？　私、すごく可哀想だなって思って……」

このタイミングで声をかけてきたということは、何か目論みがあるのだろう。話し方も、態度もすべてが胡《う》散《さん》臭《くさ》い。

マリベルはニコッと笑顔になって、両手を合わせる。

「私、予備のドレスを持ってきてるんですけど……お貸しいたしましょうか？」

「……ドレスを、ですか」

「はい。このままお屋敷に予備のドレスを取りに帰っていたら、パーティーが終わってしまいますよ？」

私にドレスを貸し出してくる意図は分からないが、マリベルの言葉通り、このままだとパーティー自体が終わってしまう。

パーティーの終わりには婚約発表があるので、このままだと間に合わなくなってしまう。

背に腹は代えられない。

「……ドレスを貸して頂けますか？」

私はマリベルにドレスを貸してもらうことにした。


しかし、別室に移動して、マリベルの従者から渡されたドレスを見て、私はなぜマリベルが急にドレスを貸し出してきたのかを理解した。

それは、エリオットと婚約破棄した日に私が着ていたドレスと瓜二つだったのだ。

恐らく、わざわざ似せて作らせたのだろう。

当然、アルマイン伯爵夫人に作ってもらったドレスとは天と地ほどの差がある。

予備のドレスを着た私は姿見で自分の姿を確認する。

「……前に戻ったみたい」

地味なドレスを着た私は、まるで数ヶ月前の自分に戻ったみたいだった。

この数週間、いろんなことがあった。

ノクスと知り合って、婚約して。

私は変われたと思っていた。もう前の私ではないのだと。

でも、鏡に映る私はまるで魔法が解けたみたいに暗くて、地味で、陰鬱《いんうつ》としていた。

（こんな私を見たら、ノクス様も失望するかもしれない……）

こんな地味になった私を見て、ノクスはどう思うだろうか。私のことを嫌いになったりしないだろうか。

そんな心配が私の頭の中を支配していた。

扉を開けるとそこにはノクスがいた。

「ノクス様……ずっと待っていてくれたのですか？」

「ああ、婚約者を待つのは当然だろ？」

ノクスはさも当然のように頷いた。

私はノクスから目を逸らす。地味な自分を見せるのが嫌だった。

しかし――

「大丈夫だ」

私の頭に手が乗せられた。

私は顔を上げる。

そこには氷が溶けるような、温かい微笑みを浮かべたノクスがいた。

「俺はどんなセレナでも嫌いになったりなんかしない。俺が好きになったのはありのままのセレナだ」

「っ……！」

感動で胸が詰まりそうだった。

ノクスは魔法の解けた私でも良いと言ってくれた。

ありのままの自分を受け入れてくれたような気がして、嬉しかった。

「ありがとうございます。ノクス様……！」

きっと、ノクスがいればこのままの私でも大丈夫だ。

「それと、これを」

そう言ってノクスは私の首にネックレスをかけた。

「これは……」

「ちょうど修理が終わったんだ。……ああ、よく似合っている」

鏡を見つめる。

私の首元には、ノクスからもらったネックレスが輝いていた。

そうだ。

私は、もう前の私なんかじゃない。

「ありがとうございます。ノクス様」

「大丈夫か」

「はい、もう大丈夫です」

ノクスの瞳をしっかりと見つめて頷く。

私はノクスの腕を取って、また会場へ戻っていった。

＊＊＊

パーティーの会場に戻る前に私はノクスにあることを頼んだ。

「ノクス様」

私はノクスに耳打ちをする。

ノクスは私の言葉を聞いて心配そうに眉根を寄せた。

「それは……」

「私は大丈夫です。ですので……」

「……分かった。セレナがそう言うなら……」

会場に戻ると、たくさんの視線が私に突き刺さった。

好奇。心配。無感情。嘲笑。

いろんな感情を含んだ視線が私に突き刺さる。

その中でマリベルたちが私のことをずっと嘲笑していた。

クスクス、と笑う声が聞こえてくる。

「ちょっと見て、あのドレス」

「婚約者を選ぶパーティーなのに、あんなに地味なドレスって……」

「これでもう婚約者候補から外れたも同然ね……」

そんな声が聞こえてくる。ドレスを着替えて地味になってしまった私を嘲笑い、貶している。

もう私のことを婚約者候補として見ていないようだった。

「ノクス様と一緒に戻ってきたけど、あんなの、可哀想な令嬢に付き添ってあげたっていう優しさでしょう？　ノクス様だってすぐに離れるに決まってるわよ」

マリベルの取り巻きの一人の令嬢がそう言った。

そして、それはマリベルも、他の令嬢も同意しているようだった。

ノクスが私についていてくれているのは、飲み物を被ってドレスを着替えることになってしまった可哀想な令嬢に、優しさアピールでついていてあげているだけで、義理さえ果たせばすぐに離れるだろう、と考えていた。

そして、それは本当になった。

ノクスは私と行動するのはほどほどに、しばらくすると私から離れていった。

それを見て、マリベルはまるで肉食獣のように食いついてきた。

ニヤニヤと笑みを浮かべたマリベルが私の下へとやってきたのだ。

「セレナ様、大丈夫ですか？」

まるで心配しているかのような口調だ。

マリベルは誰かを探すようにキョロキョロと辺りを見渡して、私に質問してきた。

「ノクス様はどこへ？」

「ノクス様は……その……」

私は言葉を濁して俯く。

するとマリベルはそんな私を見て、私がノクスに見捨てられたのだと確信したのか口元にニヤリと笑みを浮かべた。

「せっかく綺麗なドレスだったのに……残念です」

マリベルは白々しく私にそう言った。

「ああ、でもそのドレスも素敵ですよ」

そしてマリベルは嘲笑を浮かべて、さっきの私の言葉をそのまま返してきた。私は俯いてきゅっと拳を握った。マリベルはそんな私を見て、愉快そうな笑みを浮かべているのだった。


会場には静寂が満ちていた。

ノクスの婚約者を選ぶ時間になったからだ。

「それでは、婚約者を選ぼう」

国王の言葉でノクスが婚約者を選ぶことになった。

ノクスは立ち上がる。

会場の中の貴族がごくりと唾を飲み込んだ。

マリベルはまるで自分が選ばれるのを確信しているかのような笑顔を浮かべていた。私のドレスを台無しにして着替えさせた今、この会場の中で一番美しいのは自分だという自負からくる笑みだろう。

「俺が婚約者として選ぶのは……」

ノクスが階段を一歩ずつ下りてくる。

その視線はマリベルへと向けられていた。

マリベルは感激したように目を細めると、スッと自分の手をノクスへと差し出した。

ノクスはマリベルを見て微笑んで…………マリベルの真横を通り過ぎた。

「……え？」

マリベルは素っ頓狂な声を上げる。

ノクスはそんなマリベルには目もくれず、令嬢の中を進むと、マリベルの後方に立っていた私の下までやってきた。

「セレナ」

ノクスはまるで雪解けのような微笑みを浮かべて、私に手を差し出してきた。

「ノクス様」

私も笑顔を浮かべて、その手を握った。

手を握り返すとノクスからぎゅっと力を込められる。

もう二度と離さないとでも言いたげな様子で。

「俺が婚約者として選ぶのはセレナ・ハートフィールドだ」

そしてノクスは高らかに婚約者の名前を宣言した。

その宣言がよほど驚愕だったのだろう、あたりは一瞬静寂に包まれた。

だが、少ないながらも力強い拍手が聞こえてくる。

その拍手をしているのは、マリベルに散々苦しめられた貴族たちだった。

それは次第に大きくなり、会場を包むような大きな拍手へと変わっていった。

会場の中に私とノクスの婚約を祝うような雰囲気が満ちていく。

しかし、その雰囲気を破る人間がいた。

「ちょ、ちょっと！　何よこれ！」

マリベルだ。

マリベルはいつもの媚びたような笑顔は浮かべておらず、はっきりとノクスと私を睨みつけていた。

「なんでその女が婚約者に選ばれるのよ！　婚約者になるなら私の方が相応しいでしょ！　ずっと時間をかけて仲を深めて、婚約を申し込み続けてきたのに！」

狂ったように私とノクスを怒鳴りつける。

「随分と化けの皮が剥がれてきたな」

隣にいるノクスが笑みを漏らした。

「大体、その女は全く綺麗じゃないじゃない！　私の方が可愛いのに、なんでぽっと出のそいつの方が婚約者に選ばれるのよ！」

「お前、何か勘違いしているようだが。もともとお前は婚約者候補ではないぞ」

「…………は？」

「婚約者がいない令嬢だから一応招待しただけで、お前を婚約者にするつもりは全くなかったと言っているんだ」

マリベルはノクスの言葉を理解するのにたっぷり十秒は使った。

そしてノクスの言葉を自分の頭で咀嚼《そしゃく》すると、絞り出すように声を出した。

「…………う、うそよ」

ノクスはマリベルに追い打ちをかける。

「そもそもの話、学園で何人もの令息をアクセサリーのように侍らせているお前が、俺の婚約者に相応しい訳がないだろう。ずっと前から婚約者候補としては外れていたぞ」

「…………そんな」

マリベルは床に膝をつく。

マリベルとしては、ただノクスに選ばれないストレスを解消しているつもりだったのだろう。

外聞は悪いかもしれないが、ノクスも最後は婚約者として一番相応しい自分を選ぶしかないと考えていた。

それが盛大な墓穴《ぼけつ》を掘っているとも知らずに。

「それに加えて、お前の犯した犯罪も発覚している」

「——え？」

マリベルが顔を上げた。

「先日、王都で盗賊による誘拐事件が起こった」

ノクスがそう告げると、周囲の貴族はザワザワと騒いだ。

安全なはずの王都で盗賊による誘拐事件なんて、今まで起こったことがない異常事態だ。

「王都の検問は万全だ。つまり、誰かが盗賊をこの王都に引き入れたということだ」

ノクスはマリベルを見つめている。

「っ……」

「そして、盗賊を尋問した結果、この誘拐事件を企てた人間を証言した——マリベル、お前の名前をだ」

周囲の貴族はさらにざわめく。

マリベルは愕然とした表情でノクスを見つめていた。

「な、何よそれ……」

「お前には誘拐及び盗賊を王都に引き入れた容疑がかかっている……衛兵たち、こいつを連れて行け！」

ノクスがそう大声で叫ぶと衛兵たちがやってきて、マリベルを捕らえた。

「っ！　放して！」

マリベルは衛兵たちの拘束から逃れようと、暴れる。

その時、マリベルのドレスの袖から小瓶がこぼれ落ちた。

そしてその小瓶はコロコロと私とノクスの足元まで転がってきた。

「あっ」

マリベルは何かまずいものが見つかった時のような声を出した。

ノクスは眉を顰めて、その小瓶を拾い上げる。

「これは……！」

ノクスはその小瓶のラベルに書かれていた文字を見て、目を見開く。

ラベルの文字は異国の文字で、私には読めなかったので、何が書いてあったのかノクスに尋ねた。

「何が書いてあったのですか？」

「これは……禁薬だ」

ノクスは私にだけ聞こえるくらいの声で答える。

「禁薬、ですか」

「ああ。この薬には人を操る効果がある。それゆえ、この国では禁忌とされている。入手すら困難なはずだ。それにこの文字……」

ノクスはそこで言葉を切ると、私の肩を掴んで耳元に口を寄せた。

「セレナ、このラベルの文字を見るに、これは異国から輸入されたものだ。みだりに公表すれば国際問題に発展しかねない。俺とお前だけの秘密にしてくれ」

「は、はい。分かりました」

私が頷くとノクスはマリベルに向き直り、そして鋭く睨みつけた。

「なるほどな……お前の取り巻きがやけに多かった理由が分かったよ。人を操る薬は、禁忌とされている薬だ。それを貴族の生徒数十人に使用した罪は重い。投獄されるのは確実だと思っておけ」

マリベルと近くにいる私だけに聞こえるような小さな声で、ノクスはそう告げた。

そのノクスの言葉に、マリベルはただ睨み返すだけだった。

「連れて行け！」

ノクスの言葉で、拘束されたマリベルは衛兵に連れて行かれた。

そしてマリベルがこの大広間からいなくなると、重く沈んだ空気を切り替えるようにノクスが大声で貴族たちに向けて叫んだ。

「皆、騒がせてすまなかった！　改めて俺の婚約者を発表しよう！　セレナ・ハートフィールド、彼女が俺の婚約者だ！」

ノクスがそう宣言すると、大広間に拍手が鳴り響いた。

この日、私は正式にノクスの婚約者となったのだった。

第十四章 ◆ ハッピーエンド

パーティーが終わったあと、私とお父様はすぐにマリベルのシュガーブルーム家に慰謝料を請求した。

私のドレスに飲み物を被せてきた令嬢にもドレスのお金を請求した。マリベルの口車に乗せられて私に飲み物をかけたとはいえ、ドレスはもう二度と着られなくなってしまったので、当然ドレスの衣装代と慰謝料を請求することとなった。マリベルの公爵家ならいざ知らず、至って普通の貴族の家にはアルマイン伯爵夫人のドレスは高くついた。


そして、私が「エリオットの恋路を邪魔する悪女」や「男を何人も侍らせてる」という根も葉もないデマの出所について、ハートフィールド家が調べたところ、あることが発覚した。

私に関してどこからともなく流れていた噂の元はマリベルだったのだ。

取り巻きを使って、私の悪評を学園の生徒たちに流していたらしい。

マリベルの悪事が公になって数日後には、取り巻きの生徒たちが次々に証言をしはじめたのだ。

これはノクスの言っていた例の異国の禁薬の効果が切れたからだろう。

現在、薬の輸入を手引きした人間など、秘密裏に背景を探っているところなので公にはできないが、もちろんシュガーブルーム公爵家は責任に問われ、慰謝料を上乗せされた。

　これに加えて十家以上からの婚約破棄の慰謝料の請求も加えられるのだから、破産も視野に入ってくる。

　そうして、シュガーブルーム家が取った選択は、お金の代わりにシュガーブルーム家の公爵領を差し出すことだった。領地の七割を切り取られたシュガーブルーム家は公爵家から降格となり、伯爵家となった。お父様から聞いたところによると、今までシュガーブルーム家は多くの家に公爵家の権力を使って理不尽を働いてきたので、伯爵家となり弱体化した今、他の家からの報復は凄まじいものになるだろう、ということだった。

　当然、マリベルは学園では笑いものとなった。

　今まで散々権力を笠に着て威張っていたのに、ノクスからはそもそも婚約者候補ではなかったと言われ、伯爵家へと落ちてしまったのだ。

　落差は凄まじいものとなった。

　婚約者を奪われた令嬢も、今までマリベルに虐げられていた生徒たちも、全員がマリベルを標的にした。

　どんなことを言われようが、もう自分を守ってくれていた公爵家という地位もなく、慰謝料や借金の返済に忙殺されている親も庇ってはくれない。

　そして悪女という評判がつき、誘拐事件まで起こして、国の調査が終わり次第投獄の可能性もあるマリベルと誰も婚約はしなかった。来るのは借金の減額を盾にして迫ってくる年老いた貴族だけだ。マリベルは婚約発表のパーティーから一ヶ月後には身売りをするように、その老人の貴族との婚約が決まった。

しかし、その知らせから一週間ほど経ったある日、マリベルは学園から突然姿を消した。

どうやら、急に隣国への留学が決まったらしい。

例の禁薬の件を知っているのは王族とノクス、そして私だけだ。しかし、誘拐の証拠固めに加え、禁薬の輸入経路などを巡ってまさに調査が進んでいるところだったので、マリベルがこうも簡単にこの国から出られるはずがない。

もしや、隣国に手を貸した人間がいたのだろうか……？

マリベルの取り巻きは自分たちのボスを失ったことで、新しい派閥へと入ろうとした。リリスや私の下へも取り入ろうとしてきたが、当然リリスも私も、他の上位貴族も断ったそうだ。そのためマリベルと同様、報復の対象となった。

マリベルと一緒に調子に乗っていた彼ら彼女たちがどういう目に遭ったのかは想像に難くない。

そして、エリオットについて。

パーティーの日、私にプロポーズをしてきた件は学園へと広まった。

私にあんな仕打ちをしておいて、また婚約を申し込んだエリオットは学園中の貴族から軽蔑され、孤立することとなった。特に女性からは蛇蝎《だかつ》の如く嫌悪され、まともな婚約者が見つからなかったのは言うまでもない。加えてハートフィールド家から科せられた迷惑料と慰謝料で、サンダーソン侯爵家はその家の経営を大きく傾かせることとなった。

反対に、ハートフィールド家はシュガーブルーム家の土地の二割、そしてエリオットからの慰謝料で貴族として飛び抜けた富を得ることとなった。加えて降格したシュガーブルーム家と入れ替わるように、侯爵家から公爵家へと爵位を上げるという打診が国王からあり、それを受け入れた。ノクスと婚約するということで、地位を釣り合わせるためと、今回の薬物の事件が明るみになるのに貢献したためだ。

それから私は。

正式に婚約者となった私は、幸せな日々を過ごしていた。

ノクスを見るたびに好きなところが増えていく。

きっと恋に落ちるということは、こういうことなのだろうと思った。

「ねえ、ノクス様」

私は隣にいるノクスに話しかける。

「どうした」

「好きですよ」

私がそう言うとノクスは破顔した。

ノクスの手を握る。
ありのままの私を受け入れてくれるこの人なら、ずっと一緒に過ごしていけるだろう。

番外編◆プレゼント

これは、私がノクスからネックレスをもらった時のこと。

「うーん、これ、どう使おう……」

私はベッドの縁に腰掛け、私専用の帳簿を見ながらそう呟いた。

帳簿にはそこそこの大金が、一番新しい欄に記載されていた。

このお金はノクスから、偽装婚約の報酬として渡されたお金だ。偽装婚約の契約を交わした時に、月給としての報酬の金貨が振り込まれたのだ。

初めは、この金貨は結婚準備金としてもらったことにして両親に渡そうとしたのだが、首を横に振られて「セレナの好きなように使いなさい」と返されてしまった。

ただいま絶賛、これをどう使おうか悩んでいた。

もちろん、貯金するという手もある。でもただ貯金するだけだとなんだか味気ないし、それにこの金貨は私が初めて自分で稼いだお金だ。使わないともったいない気がする。別に私が汗水垂らして働いた訳じゃないので、本当に胸を張って私が稼いだ、と言って良いのか疑問だけど。

「せっかくまとまったお金だし、何か高いものを買うとか？　メイク用品とか、美容品とか。でも、どっちも両親が買ってくれるんだよねぇ……」

以前からエリオットの好みに合わせて地味な見た目にしていた私を嘆いて、両親は私にそういった美容品はいくらでも買い与えてくれる。しかも最高級品をポンポンと。そのおかげで私のもっちり色白の美肌は維持されているのだ。

だから別にメイク用品にも美容品にも困っていない。買う必要がないのだ。

「じゃあ、前から気になっていたスイーツでも…………いや、最近食べすぎてちょっと太ってきたし、これ以上スイーツ道楽に走るとダメなことになりそう……」

今でもダイエットのために頑張って、毎晩部屋の中でストレッチをしているのに、これ以上は本格的に運動しないといけないことになる。もともと令嬢として温室で育てられてきた私には、運動なんてムリだ。ランニングとか筋トレとか絶対ムリ。

という訳でとりあえず、甘いものも禁止の方向で。

じゃあ、何を買うか、という話なのだが……

「う〜〜〜ん………」

ぽすん、と背中からベッドへと落ちる。

そして寝転んだまま帳簿を見て、唸った。だけどどれだけ唸っても別に良い案が浮かんでくることはない。

ふと、首元に手を当ててみた。チャリ、と金属の鎖の感触が指に伝わってくる。

（そうだ、このネックレスのお礼、まだしてない……）

このノクスから贈られたネックレスのお礼をまだ返していなかったことを思い出した。

「よし、このお金はノクス様にお礼を返すために使おう……！」

　帳簿をパタンと閉じて、そう宣言した。

＊＊＊

　翌日、私は学園に向かう馬車の中で昨夜の計画、つまりノクスにプレゼントを贈ることについて考えていた。

「そうと決まれば、早速何が欲しいか調査……」

「ん、今何か言ったか？」

「あ、いえ、なんでも……」

　ノクスが私の漏らした小さな呟きを聞いていたので、慌てて誤魔化した。ノクスは首を傾げながらも馬車の窓に肘をついて車窓に視線を向けたので、私は安堵の息を吐いた。

　このプレゼントのことは、ノクスには秘密にしてある。

　それはなぜかというと、

（ノクス様、こういうのって、予めバラすと多分受け取ってくれない気がするんだよね……）

　確信がある訳じゃないが、前もってプレゼントを渡すと言っても断られる気がする。前に一見お断りの会員制の高級レストランで限定スイーツが出ると聞いて、ノクスに私も会員として紹介してくれないか、と賄賂《わいろ》を持っていったのだが「会員の件は色々と使えるからだめ」と言われたし。ノクスに賄賂は通用しないのだ。ま、今回は賄賂じゃないけど。

秘密にする理由はもう一つ。前回、ネックレスをもらった時はサプライズだったので、私も仕返しがしたい。

そして……不意打ちで驚きながらも喜ぶノクスの顔が見たい。

私は咳払いをして調査に気持ちを切り替える。

「ん、んんっ……ノクス様」

「どうした」

「その、ですね。最近悩み事はありませんか？」

「悩み事？」

「はい。困っていることや不満に思っていることを教えてほしいんです。それかこれが欲しい、とか、これが足りないな、とか……」

（わ、我ながら完璧……！）

私は内心で自分の完璧な質問に震えていた。

これで自然にノクスの欲しいものを聞き出せるはず……。もし悩み事だけでも、そこからプレゼントすれば喜ばれるものを割り出せるはずだ。

さぁ！　悩み事、話しちゃって下さい……！

ノクスは顎に手を当てて少し考えたあと……

「……もしかして、今の偽装婚約の生活に何か不満があるのか？」

「えっ」

不安そうな表情で逆に私に質問してきた。

（し、しまったー！　勘違いされたー！）

ガガーン！　と私は心の中でショックを受ける。

何が欲しいかを探るつもりが、遠回しに言ったせいで逆に私が不満を持っているのではないかと勘違いさせてしまったようだ。

「い、いえ、そういう訳じゃないんです……」

「本当か？　もし俺に何か不満があるなら直すから、正直に話してくれないか」

喜ばせるつもりだったのに、不安を抱かせてしまった。これは駄目だ。

ノクスの不安を払拭しようと、婚約生活の感想を正直に言った。

「だ、大丈夫です……その、ノクス様のおかげで……幸せな婚約生活を送れていますので」

（は、恥ずかしい……！）

私はそう言うやいなや、手で顔を覆ってしまった。

多分、今私の顔は真っ赤になっているだろう。

ノクスの顔を見るのが怖い。どんな顔をしているのだろう。

「うっ……」

そんなノクスの声が聞こえたので、指の隙間からノクスの顔を窺い見れば、ノクスは心臓の辺りを手で掻きむしるように押さえていた。

「ノ、ノクス様⁉　一体どうされたのですか⁉」

　これは只事ではないとノクスにどうしたのかと尋ねる。

　どうしよう、苦しそうな顔をしているし、心臓に何か？　それに顔も赤い。もしかして、何か重大な病気なんじゃ……！

「だ、大丈夫だ」

「本当ですか？　具合が悪そうでしたが……」

「いや、本当に大丈夫だ。体調が悪かった訳じゃなくて、少し心が乱れただけだから……」

「す、少しだけですか？」

　どう見てもちょっとやそっとじゃなかったけど……

　その時、私はハッと思いついた。

　そうだ、私が聞くべきなのは、この心の乱れについてだ！

「ノクス様、その心の乱れの原因とは一体何でしょう！　教えて下さい」

　狭い馬車の中、ずいっとノクスに近寄ると、ノクスは私から視線を逸らして、観念したように話し始めた。

「それは、その…………可愛すぎるというか」

「可愛すぎる？」

　予想外の言葉に首を傾げていると、ノクスは何かに気づいたように正気に戻ると、咳払いをした。

「ごほん……今のは言葉の綾だ、忘れてくれ。それよりもなぜそんなことを聞いてくるんだ」

すっかりいつもの調子に戻ったノクスが、今度は私に質問を投げ返してきた。私は目を泳がせる。

「えっ、それは……」

「やはり何か俺に問題があるのか？」

「い、いえ！　そうじゃないんです！　その、ですね……私に不満はないのかな、と思って」

焦った私が選んだ言い訳は、ノクスと同じものだった。

誤魔化せるか⁉　と内心ビクビクしていると、ノクスはふっと頬を緩めた。

「その質問の答えは簡単だな。セレナに不満は一切ない。セレナはいてくれるだけで十分だし、仮に不満があっても……いや、そんな不満ですらも愛しく思うくらい、完璧な婚約者だ」

その不意打ちで見せられた優しい微笑と、心をくすぐる甘い言葉は、私の心を打ち抜いた。

胸の内から、どくんっ、と大きな音が鳴った。

「と、いうのが偽装婚約者として、予め演技用に用意している回答だな」

「えっ」

私は遅れて事実を理解する。

じゃあ、今のノクスは全部演技で――

馬車が止まる。学園に着いた合図だ。

「学園に着いたみたいだな。さ、降りるぞ」

馬車の扉が開かれ、先に降りたノクスが私に手を差し伸べてくる。

「？　どうしたセレナ」

対する私は、馬車の中から動かなかった。いや、動けなかった。

（そうだ、これはノクス様の演技だ。本気にしたらいけない。だから――）

ノクスの言葉も、表情も演技だと分かっている。だけど。

心臓の辺りを、ぐっと掴む。

（だから止まってよ。心臓の音……！）

大きな心臓の音は、なかなか鳴り止みそうになかった。


ノクスと並びながら廊下を歩く。

馬車から降りてしばらくすると、平常心を取り戻してきたからか、心臓の音は次第におさまってきた。顔の赤みも……多分おさまってきたはずだ。鏡がないせいで、自分じゃまだ分からないけど。

結局、ノクスからは何が欲しいのか聞き出すことはできなかった。今の戦績はゼロ勝二敗。

「はぁ……また不意打ち喰らっちゃったし……」

また顔が熱くなってきたので、両手で顔を覆って深く息を吐き出す。

「不意打ちってなんのことだ」

「えっ、あのその」

独り言が聞こえていたみたいで、ノクスが私に顔を寄せてきた。

馬車で聞いた甘い言葉を意識してしまい、アイスブルーの瞳を直視できずに、私は目を逸らす。

「なんでも……ないです」

「そうか」

「あの、ノクス様。少し質問があるんですけど」

「どうした」

「何か、お好きなものってあります？」

（こ、これだー！）

私はそう質問した瞬間、天啓《てんけい》を得たように身体にビビっと電気が走った。

この質問の仕方なら怪しまれないし、好きなものを聞き出せばその中からプレゼントするものを選べる。好きなものだからもう持ってる可能性が高いけど、それは事前に被ってないか確認すればいいだけだ。

「好きなもの……」

ノクスは私の思惑通り疑うことなく思案している。そうだ、その調子で私に好きなものを教えてほしい。

「そうだな、好きなものか……なんでもいいのか？」

「はい。そういえば、婚約者なのにあまり好きなものを語り合ったことがないな、と思いまして」

私は言い訳をするように付け加える。

でも、確かに偽装婚約の契約を交わして、表向きは婚約者となったものの、ノクスの好きなものの話とかあまりしたことがないし、この際聞いておくのがいい気がする。これからも役立つだろうし。

「俺の好きなものは……お前がくれるものなら、なんでも嬉しいと言っておこう」

ノクスはニヤリと笑みを浮かべると私にそう言ってきた。

「え………ってまさか！」

ノクスの少しおかしな返事に、私はノクスが全てを察したのだと理解した。つまり、ノクスは私がサプライズをしようとしていたことに気がついていたのだ。

「な、なんで気がついて……」

「逆になんで気がつかないと思ったんだ」

ノクスは呆れたようにため息をついて、腰に手をつく。

「あれだけ俺の好きなものや悩みやらを聞き出そうとしてたら、どんなに鈍感な奴でも流石に気がつくだろ。本当に、なんでバレないと思ったんだ」

「うっ……」

「サプライズしたいなら、もう少し聞き方を変えることだな」

私はショックを受ける。まさか私の計画が全部バレてたとは……

ええい、もうしょうがない。こうなったらヤケだ。直球で聞いてやる！

「じゃあ、ノクス様は何が欲しいんですか！　教えて下さい！」

「それはさっき言ったろ。俺はプレゼントとしてもらえるならなんでも嬉しい。というか、お前が無理に俺にプレゼントする必要はないぞ。契約として経費は俺が負担することになってるし、プレゼント関係は俺から渡せば十分アピールになってるから、セレナの方から婚約者として何かしないとと思ってるんなら……」

「それは違います！」

　私はノクスの言葉を遮った。

「私がプレゼントしたいのはそういう理由じゃなくて……ノクス様に、喜んでほしいからなんです！」

「……」

　ノクスは瞳を見開いている。

「これは、個人的な、契約抜きのプレゼントのつもりです。だから、欲しいものを教えて、ほしいんです、けど……」

　尻すぼみに声が小さくなっていく。

　なんだろう。こういうの、はっきりと言葉にするとすごく恥ずかしい……

　ノクスはどんな顔をしているだろうかとチラリと見てみれば、ノクスは顔を逸らしていた。その頬は赤く染まっている。

　あれ、これってもしかしてノクスも照れてる……？

「っ、そうだな。じゃあ……身につけられるものがいい」

「そ、そうですか……」

「あくまで婚約者として、仲の良さをアピールできるからだがな。深い意味はないぞ」

「ええ、もちろんです」

私たちはお互いに恥ずかしさを婚約関係だから、という建前でくるむ。

そうじゃないと、赤面してしまいそうだったからだ。

こうして、私はノクスの欲しいものの大体のイメージを聞き出すことができた。


そして翌日、私は希望に沿って、ノクスに毎日身につけられるものを贈った。

制服のネクタイにつける、薄い青色の混じった銀のネクタイピンだ。

黒の制服に銀のネクタイピンは、ノクスのアイスブルーの瞳と相まってよく似合っていた。

ちなみに、そのネクタイピンを贈ってから数日間、ノクスがずっと上機嫌だったので、学園ではそのネクタイピンの贈り主は誰かと噂になっていたそうな。

本書に対するご意見、ご感想をお寄せください。

あて先

〒162-8540 東京都新宿区東五軒町3-28
双葉社　Mノベルスｆ編集部
「水垣するめ先生」係／「藤未都也先生」係
もしくは monster@futabasha.co.jp まで

Mf
ノベルス

貴方《あなた》に未練《みれん》はありません！　～浮《うわ》気者《きもの》の婚約者《こんやくしゃ》を捨《す》てたら王子様《おうじさま》の溺愛《できあい》が待《ま》っていました～

2024年４月13日　第１刷発行

著　者　水垣《みながき》するめ

発行者　島野浩二

発行所　株式会社双葉社
〒162-8540　東京都新宿区東五軒町３番28号
［電話］03-5261-4818（営業）　03-5261-4851（編集）
http://www.futabasha.co.jp/（双葉社の書籍・コミック・ムックが買えます）

印刷・製本所　三晃印刷株式会社

［電話］03-5261-4822（製作部）
ISBN 978-4-575-24734-3 C0093